心映えの記

Haruko OhtA

太田治子

P+D BOOKS
小学館

目次

悪しき心

十一月十二日に、私は三十六歳になった。結婚したいと願いながら、どうして恋人もできずにきてしまったのか。

「あなたは心映《こころば》えが悪いから、お相手が現れないのよ」

そういって説教していた母は、昭和五十七年の十一月二十四日未明、肝臓の手術後一週間足らずして息を引き取った。あっけない死だった。あれから、ちょうど一年である。私は母が死ぬとは思っていなかった。手術をして、助かるのだとばかり思っていた。母は、自分の死を予期していた。それは、のこされた入院中のメモからもわかるのである。しかし、最後には希望を持つようになったのだと思う。遺書は、なかった。

あのように思いがけず母が死んだのは、娘の私の心映えが悪かったからかもしれない。

自分でもわかっていながら、どうすることもできなかった私の心の中の悪を、母は自らの死とともにそっくりあの世へ持ち去っていったような気がする。

「最近、とても明るくなった。生まれた時からずっと一緒だったお母さんが死んだというのに、どうしてかしら？」

よくそんなことをいわれる。自分の裸の心をすべてさらけだしていた母に死なれて、心の中の悪も死んだ。私が明るい顔をしてみえるのは、そのせいもあるのだった。

それでも、この一年の間に、心待ちする独身男性は現れなかった。心映えの悪さは、まだのこっていたのだった。しかし、それは少女のころから持ち続けていた悪の、ほんの小さなかけらだったのだと思いたい。

母が空の上にとびたつ時に、胸にしっかりと抱えた私の悪は、あまりにも大きくふくれ上がっていたためについぼろぼろとかけらがとびちって、それが再び私の胸のどこかにひそんでいたのかもしれない。

「太田さんは、性悪だ」

夏の終りに、ある男性からそういわれて、奇妙にうれしかった。彼は、私の心の中の悪を見抜いたのだと思った。

「それでは、結婚なんかできやしない」

そうもいった。それから、小さくつぶやくように、

「恋もできない女だ」

といったのだった。

妻子のあるその男性と、恋をしていたらどうなっていたのか。それは、わからない。母が自らの死と引き換えに私に与えてくれた心の明るさは、また、別の所から黒雲に覆われていたようにも思われる。しかし、もう逢わなくなったその男性を、なつかしく思う気持がある。それは、彼のいうところの「性悪」と、母から説教されていた「心映えの悪さ」が、同じものに思われたからだった。

「太田さんは性悪だ」という言葉で、心の中にカケラとして残っていた悪は消滅した。それですぐに、恋人が現れるとは思っていない。あの男性がいったように、恋も結婚もできないまま年老いていくのではないかという気がする。

なぜ、性悪かを、はっきりと口にするその男性に向って、「そんなことない、私はそんな女ではない」と、むきになって否定した。もしその相手が独身男性だったら、あるいはそんなことを口にせずに、私の前から無言で立ち去ったかもしれなかった。

男性の前で、私はいつも「お猫ちゃん」を続けていた。にっこりと穏やかな笑みを浮かべていたのである。

「太田さんは、いい人ですね。僕が独身だったらなあ」

そういう慰めとも励ましともつかない言葉を、今まで何人の既婚男性から聞いたことだろう。

「いい人」とは、一体なんなのだろう。おとなしくにっこりしていれば、「いい人」となるのか。

きわめて自然に、男性を喜ばせる言葉をいえるならば、それも「いい人」なのかもしれない。

いずれにしても、「いい人」は、実にアイマイな言葉に感じられるのだった。「性悪」という乱暴な言葉が胸にしみたのは、あまりにも「いい人」という言葉を聞き過ぎていたからでもあった。

私は、今まで一度として、自分を、「いい人」と思ったことはなかった。

それなのに、私は男性からも女性からも、「いい人」だと思われていたかった。「いい人」という言葉にこだわりを持ちながら、そう願っていた。「お猫ちゃん」を演ずることの快感もあった。「性悪だ」といった男性の前でも、最初は、「お猫ちゃん」を演じていたのである。しかし途中から、つい裸の心をぶつけることになっていった。

母が死んで、かつての母がそうだったように、私も人の目が気にならなくなった。この世の中に、恐れるものは何もないという変な度胸がついてきた。思いきり、正直に生きたいと考えるようになった。もはや、「いい人」と思われなくてもいいという気持になったのである。いくら、「いい人」だと思われても、御縁は生まれなかった。それならばいっそのこと、どの人の前にもありのままの裸の心をさらけだそうと思う。

ただし、母の生きていたころの心映えの悪さについては、口をつぐんでいたかった。あまりにも恥ずかしい過去だった。

私の心映えの悪さが執拗なのに業を煮やした母は、

「もう、人にいってしまうからね。今までのこと、全部話しちゃう」

と、よくいった。私は途端にうろたえた。どんなことがあっても、話してほしくなかった。それが公表されると、今までの、「いいお嬢さん」「優しい孝行娘」という神話はたちどころに崩壊する。

実際に、母は何度か人の前で、そのことを話しそうになった。ひたすら狼狽している私をみながら、母はゆっくりと話題を変えるのであった。

あんなに恥ずかしかったあのことを、今これからありのままに話そうと思う。そのことで、今まで私を本当に、「いい人」と思っていた男性は、「なんだ、こんな女だったのか」と鼻白み、嫌悪するかもしれない。それでいいのだと思う。ウソいつわりないありのままの私をさらけだそうと思い決めたら、心は一層明るくなった。

「人をあざむくよりも、自分をあざむくことの方がくるしい」

私を生む八年も前に、愛のない結婚をして生後まもない娘を病気で死なせた時のくるしみを、母はそういって教えてくれた。「お猫ちゃん」を続けていたのは、人よりも自分をあざむく行為だったのだ。

死なれてみて、母がいかに心映えのいい女であったかが、身にしみてよくわかった。妻子のいる作家との間に、私を生んだ母の心は、いつも明るかった。奥さまに申し訳ないといいながら、明るさは消せなかった。自分を裏切らなかったからだと思う。

その母の明るさを、人にわかってもらいたい。しかし、それにはまず、娘の私の心の中の暗さ、悪について話さなくてはいけない。

「ああ、これでまた、寿命が一年縮まる」

心の中の悪をぶつけるたびに、母はいった。声が大きい人は、長生きできるといわれている。声の大きい母は、八十過ぎまで生きるつもりでいた。齢六十九で死なせてしまった贖罪の気持をこめて、いかに、心映えの悪い娘であったかを、ありのままに告白したい。

「心映え」とは、どういうことなのかと聞かれて、すぐには返事できない。「心ばせ」とか、「心だて」という言葉に、一番意味が近いように思うのだけれど、微妙に違う。

母は、「あなたは、心映えが悪い」というい方をする前に、「あなたには、毒気がある」といっていた。

「いくら男性の前でにこにこしていても、賢い男性にはちゃんと、あなたに毒気があることがわかるのよ。それで御縁ができないのよ」

そういわれるたびに、毒気満々の女として坐っている自分の顔が浮かんできた。卑屈ないやらしい、妙に老けた女の笑顔だった。時として、写真にそういう顔で写ることがあった。しかし、「毒気がある」という言葉には、どこかユーモアが感じられもするのだった。

「この子には、毒気がありますでしょう？　毒気満々の子なのですよ」

そう人前でいわれても、かえって狼狽しなかった。人は、母の思いがけない言葉に、あっけにとられた表情をする。決して、「毒気とは、何なのですか？」とは聞いてこないのだった。

その相手の表情に、母はイタズラっ子のような満足感をおぼえるらしかった。

一方、母がしげしげと三十を過ぎた娘の顔をみながら、

「この子は、心映えがわるくて。それでいけませんのよ」

というと、人は必ず、

「それは、どうしてですか?」

と聞くのだった。

「毒気」という言葉よりも、はるかに柔らかな響きのあるその言葉の意味を、誰もが知りたがった。

母が死んでから、

「どうして、結婚なさいませんでしたの?」

と何度となく聞かれた。そのたびに、母を真似て、

「それは、心映えが悪かったものですから」

と答えた。

母が同じ言葉を口にする時とは違って、その言葉の意味するところを聞いてくる人はいなかった。ほっとするとともに、何か物足りない思いがした。

そんなある日、

「心映え。いい言葉だな。おかあさんの心がこもっている」

という男性の言葉が返ってきた。生前の母を、知っている方ではなかった。私から母の話を聞いただけで、そういわれたのである。その通りだと思った。その時、これはどうしても自分の心映えの悪さについて告白しなくてはいけないという気持になった。

口にだしていうには、あまりにも恥ずかしい。その勇気はない。一言、いってしまえば、なんだ、そんなことか、アホらしいで片づいてしまうもののようにも思われる。それだから、なおのこと恥ずかしい。しかも、私はそのアホらしいことで、思春期から十五年以上も、悩み続けていたのである。

「あなたは、あのことさえいわなくなれば、本当にいい子なのよ」

母は、そうもいった。実際、それをいうことがどんなにアホらしく、みっともないことか、私自身が百も承知していた。それなのに、やめられなかった。しかし、三十の声を聞くようになってから、それを口にする回数は減った。母が、「毒気」から、「心映えが悪い」というふうにいい方を変えたのは、そのせいもあるかもしれなかった。

一体、何が心映えの悪さだったのか、どういうふうにそのことで母をくるしめたのか、全部いおうと決めた途端、しかしそれにしても、なんとアホらしいことであったのかと、思わず笑ってしまった。

いってしまえば、なんのことはない。

「私は、あの『白雪姫』のお妃でした」
という、たったの一行で片づいてしまう。しかし、それではまだオブラートがかかっている。もっと、はっきりいおう。私は、「美人意識」を持っていた。それも実に屈折した、歪んだ「美人意識」だった。

「美人意識」という言葉も母がいいだしたものだった。「エリート意識」と同じように、美人であることを意識している鼻持ちならない女であると、娘の私を説教していたのである。

「無邪気に自分を美しいと思っているだけなら、可愛げがある。しかしあなたの『美人意識』は、それをおくびにもださずにいるから、根が深い。そして、私がほかの女の人の顔をほめれば、すぐ怒る。あげくに、どうせ私はみっともない顔をしているなどと、心にもないことをいう。それがいけない」
と、母はいうのであった。

小さい時、「きれいな子」とか、「かわいい子」といわれた。「将来、玉の輿に乗れる」とも、いわれたことがある。しかし私は、自分がそういう顔をしているとは、少しも思っていなかった。それで、そんなことをいわれると、ひたすら恥ずかしかった。小学生の私が、「きれいだな」とあこがれていたのは、『幼な心』という映画に主演したクリスチーネ・カウフマンであった。私はその映画を予告篇でみただけだった。病弱な少女に扮したカウフマンの、うるんだ大きな瞳が忘れられなかった。あんなに大きな目でも病弱でもない私が、美少女であるはずがないと思った。

自分をきれいだと思うことはなかったが、人前でにこにこする術《すべ》は心得ていた。たとえば、同じ区内の小学生の集いがある時、私は会場のどの子よりもにっこりしていた。そうすることで、よその学校の男の先生に注目された。プログラムの最後にくじ引きのようなかたちで、ノオトとか鉛筆が山分けされる。男の先生は私をみながら、「あの子にやりなさい」というのだった。

中学に入ってからも、自分の顔は少しもいいと思われなかった。母が、

「あの子は、なかなかきれいね」

という同級生と遊ぶのが、うれしかった。きれいな友だちを持ったことを、誇らしく思った。中二の終りに、一度話しただけの一年上の男の子からラブ・レターが届いた時も、その子の間違いではないかと思った。非常に困惑した。ただし、好きな先生には、ひたすらにっこりしていた。いかにも真面目そうな、「おとうさん」という感じのする先生が好きだった。生徒全員の頭を出席簿で叩く場合も、私だけは叩かれなかった。

いったい、いつから自分の顔を意識するようになったのだろう。あれは、高一の冬の朝だった。制服の私はアパートをでると、母の勤める倉庫会社に向って歩いていた。アパートから真っ直ぐバス通りを歩いて五分の距離にある倉庫会社の炊事婦の母は、その日早番だった。一日置きの早番の日には、特別に私にもトラックの運転手さんと同じ弁当をつくってもらえることになっていた。その朝、私はよくする寝坊をした。向うから、白衣姿の母が歩いてくるのがみえ

た。弁当を取りにくる時間の遅い私を、朝の仕事の一段落した母は時々そうやって迎えにくるのだった。母は、にっこり笑いながら私の前に立つと、いきなり、

「遠くからみたら、あなたはなかなかきれいだった。八十点よ」

といったのである。おかしな気持になった。それまで、母は、顔を点数でいったことはなかった。そのことでも落ち着かなかったが、それよりも、八十点という点数が気になった。妙にリアリティのある点数に思われた。

「八十点だったら、都立の一流校に入れたのよ」

母は一緒に歩きながらいった。私は、都立に落ちて、私立の三流校に入ったのだった。母のいうとおり、都立の試験の平均が八十点だったら、ゆうゆうと一流校に入れたのである。学力は平均以下でも、顔は八十点といわれて、感謝すべきだったのだと思う。しかし、その時私は、自分の顔が決して八十点以上の顔ではないと宣告されたような気がして、がっかりしたのである。

それから数ヵ月後、やはり道を歩いている時だった。母と私は、これから墓まいりにでかけようとしていた。花冷えのする夕暮れだった。

「フジ子さんは、九十点。あなたは、八十点」

突然、母がいった。フジ子さんとは、母の叔父の奥さまである。顔のことをいっているのだと、すぐにわかった。夕暮れの中に、なぜか母の横顔は暗くみえた。私も暗い気持になった。

大叔母と比べられて、しかもこちらを下にいわれたのが面白くなかった。大和田の叔母——私にとっての大叔母は、当時すでに六十を過ぎていた。たっぷりと太っていたが、若かりし日の写真をみると、九条武子に似ている。その大叔母が九十点、私が八十点では、やはりあまりにもリアリティがあり過ぎるように思われた。

小学生のころから、密かに女優になりたいと思っていた。人前で、朗読するのが好きだった。母からは、運動神経がないものが女優は無理だときっぱりいわれていた。それでもあきらめきれなかった。高校に入ってから、よけい強くそう思うようになっていた。母のいうとおりに無理なのだとわかっているから、くやしかった。

「私は顔がまずいから、女優は無理なんでしょう」

「顔なんか、関係ないのよ。八十点なら、なれるのよ」

そういう時に、またしても八十点が持ちだされるのだった。母は、八十点はとてもいい点だと、思っているらしかった。しかし、私は不満だったのである。大叔母と同じ九十点と、いってほしいのだった。それだけの顔をしていると思っていた。その一方で、せいぜい自分の顔は六十点、いや、四十点以下だと思うことがあった。鏡にひょいと写る顔は、お月さまのようにふくらんだ間の抜けた顔にみえもしたのである。

同級生のきれいな子にライバル意識を持つようになったのも、高校に入ってからだった。授業の合間の休み時間、同級生同士が固まって、花壇の前で陽なたぼっこをしていた。ある女の子がいった。

「クラスで、誰が一番美人かしら?」

少し離れたところに一人立っていた私は、耳をそばだてた。学級委員の女の子が、一人の子の名前をあげた。途端に、胸が騒いだ。そうだろうか。確かに、あの子は可愛い。しかし、可愛いだけではないだろうか。

まもなく、三月の謝恩会の季節がやってきた。クラスでは、「天国と地獄」というコメディをやることになった。歴史上の人物がエンマ大王の前で、一人ずつ弁明しては、天国と地獄、どちらにいくかを決めるというたわいないものである。あの子は、白雪姫をやることになった。私には、白雪姫の母の役がぴったりなのだった。しかし、その役はなかった。クレオパトラの役があった。

「太田さんは、鼻が高いわ」

だれかの小さい声が聞こえた。私はうっとりした。母からは、あなたの顔の中でこの大鼻が一番よろしくないと、いわれていたのだった。

「私、やります」

思わず立ち上がって、急に自己嫌悪に陥った。自分を美しいとうぬぼれていることを、皆の前で証明したも同然だった。

友だちの前で、私は自分の顔なんて少しもよくないと思っているそぶりを示していた。たと

えば、

「太田さんの横顔、素敵よ」

といわれると、内心ほくそ笑みながらあわてて話題をそらした。

濃いみどり色とオレンジ色のクレオパトラのコスチュームは、私に似合わなかった。その謝恩会の後、クラスでの私の評判は急に悪くなった。

「太田さんって、相当な人だとわかったわ」

なんでもない時にふいにそういわれて、そのたびに恥ずかしさが突き上げた。取り返しのつかないことをしたと思った。

もし、自分のことを絶えず百点満点の完全無欠な美人だと思うことができたら、「美人意識」は、もっと単純な可愛いものになっていたかもしれなかった。自信に溢れ、いつもなごやかな気持でいられたとも考えられるのだった。私の心は、いつも両極端に揺れ動いていた。実は九十点以上の大変な美人だとうぬぼれるかと思えば、とんでもない四十点以下の間抜け面であったと気落ちするのであった。

自分の顔があまりよくないと思われる時、がっくりする中に妙にほっとするところがあった。逆に、自分を美人だと思うと、それだけで心が波立ってくる。美人であれば、心がやすらぐということはないのだった。

「そうだわ。私は女優にだって、なれる顔なのだ。あの人気女優より、私の方がいい顔かもしれない。そうよ、ずっと美人だわ」

それを母の口からもいってもらいたくて、遠回しにいう。

「ねえ、ママ、あの女優さん、最近あまりぱっとしないわね」

「そうかしら。なかなかいいと思うけれど」

そういわれると、もう駄目なのである。母へのおかど違いの怒りが込み上げてくる。

「どうせ、私はブスだわ。あの女優さんのように美しく生まれてきたかった」

心とは裏腹な言葉がでてくる。

「あなたがそんなことをいったら、私はどうなるの？　私は、太田家の中で一番おかしい顔をしているといわれたのよ」

母は、ファニー・フェイスであった。その目は、私があこがれるように大きかった。浮世絵の女のような目の吊り上がった顔が美人とされていた時代に、母は生まれたのだった。

「ママのような大きな目になりたい」

「あなたの目は大きいわ、いけないのはその鼻よ。魔法使いのおばあさんの鼻よ。男性が近づいてこないのは、その鼻におそれを感じるからよ」

母はついに、かんしゃくを起こすのであった。

「そんなに顔のことばかりいって、恥ずかしくないの。今のあなたの顔を鏡でみなさい。美人意識の毒気に満ちた最低の顔よ。点数なら、ゼロ点よ」

そこまでいわれると、顔のことをあれこれとこねまわしていた心もおさまるのだった。ゼロ点の顔など、この世にあるはずがなかった。母は、娘の私が本心では、自分を相当な美人だと思っていることがだんだんとわかってきたのである。高三の冬に、母は目黒の倉庫会社の炊事婦をやめて杉並区にある女子大生の寮の寮母となった。寮の玄関脇の六畳の部屋で生活するようになってからも、私の「美人意識」は改まらなかった。母が女子大生のだれかの顔を少しでもほめると、「それでは、私はどうなの？」と必ず聞くのだった。そして黙っている母に向って、「ママは私の顔を少しもいいと思っていないのね、よくない顔だと思っているのでしょう？」というのだった。

私は母を許せなかった。かつて、私の顔を、八十点といったことが許せないのだった。どうして、九十点といってくれなかったのかと恨んだ。母親ならば、愛しい娘の顔がたとえどんなにまずくても最高点をつけてもいいのだと思った。それは、誤った考えだとわかっていながら、母から最高の美人だと思われたいという気持は捨てられなかった。なぜそんなにも顔のことが気になるのか、自分でも不思議だった。美人の尺度なんて当てにならない、顔について頭をめぐらせるのは、実にアホらしいことだと、思えば思うほど、くるしかった。

夜、寝る前にふいに、母の八十点という言葉がよみがえってきて、急に心が苛立ってくることがあった。母は、口を少しあけて眠っている。その顔には悩みのかげりひとつない。母のあの一言で、私はこんなにくるしむようになったのだと思うと、母を起こさずにはいられなかった。

「ママは私を、本当に美人だと思っているの？　そうじゃないでしょう？」

と聞くと、母はうっすらと目をあける。すると、妙にサディスティックな快感がわいてきて、心はいくらか明るくなる。私が何をいったかがわかった母は、むっくりと起き上がると、

「もう眠れなくなった。あなたの『美人意識』が私を眠らせない」

といって、説教を始めるのだった。今度は私がいくら、「もうわかった」といっても聞かなかった。

「あなたは、そうやって私がいやだという『美人意識』を繰り返しぶつける。思いやりのない子よ。私の心がどんなに傷つくかわからないの。それでは、とうてい結婚は無理ね」

というのだった。

「太田さんは、性悪だ」といった男性も、同じようなことをいった。私に思いやりがないと、いったのである。待ち合せの書店で顔を合わせるなり、今日は先約があったのを忘れていたといわれた時、

「あなたは、私がこわくなったのでしょう、逃げたくなったのでしょう」

といった。その男性が、少しくるしそうな気弱な表情をうかべるのをみながら、私は同じ言葉を繰り返した。次に会った時、

「太田さんは自分が美しいというおごりがあるから、あんなことをいったのだ」

となじられた。「性悪だ」ということばは、その時使われたのである。結局彼は私を許さなかった。母は私がどんなに愚劣なことをいっても、私を見捨てなかったように、その男性も許して

くれるだろうという甘えがあった。私はその男性に、どこか身内のような親しみを感じていた。

三十歳間近いある日のことだった。母はとうに寮母をやめて、私がかわりに有楽町の大叔父の事務所へ勤めにでていた。日曜日だった。テレビに、人気男性歌手の顔が写った。

「彼も八十点」

母は、のどかな声でいった。私はその歌手の顔を、穴のあくほど、じっとみつめた。とりたててハンサムとは思われなかった。私は、母の額をコツンとこづいた。

「何をするの？」

母の額をこづいた後悔よりも、その歌手を自分と同じ八十点といったことへの怒りが消えなかった。

「彼は、そんなにハンサムではないわ」

というと、母はようやく私の暴力が、例の「美人意識」からきていたことがわかったらしかった。

「あの歌手は、まんもるさまの若いころに似ている、と思ったの。それでうれしくて、八十点といったのよ。それがどうしていけないの？」

母の声は、泣き声だった。初めて、暴力をふるったことが悔やまれた。

「まんもるさま」とは、母の父のことだった。小さいころから、母は孫の私にも「まんもるさま」と呼ばせていた。近江の湖に近い町で医者をしていた「まんもるさま」は、守という名前だった。

「穏やかなまんもるさまに、あなたは少しも似ていない。どうしてそんなに悪い心なの？」

母は泣きながらいった。

「八十点と、いったからいけなかったのよ。どうして、フジ子さんを九十点、私を八十点といったの？」

十年以上もの間、心に澱《おり》のようにたまっていたことをはきだした。どうして、そのことを今まで、母にいえなかったのだろう。八十点を、不満に思っているということが、母にすら知られるのが恥ずかしかった。

「あれ以来、私は美人意識を持つようになったのだわ」

いいながら、うっすらと涙がにじんだ。自己愛の涙であった。

「あなたは、お馬鹿さんね」

母はいった。

「フジ子叔母さんは、私が恩を受けた叔父さんの愛妻よ。叔父さん、叔母さんにお世話になったことを思えば、九十点でも足りない。あの時、百点といえばよかった」

「叔母さんを、ほめるのはいい。それなのに、どうして私を引き合いにだしたの？」

「あなたを、美人意識のない子だと思っていたの。四十点といっても、あなたは素直にうなずくと思った。あの言葉にひっかかったのは、すでにあなたの心の中に、自分を美しいと思う心があったからよ」

母は、静かにいった。そうかもしれないと思った。それなら、いつから悪しき美人意識は芽生えていたのだろう。

「私がいけなかったのよ」

母から、急にそういわれて、私は戸惑った。

「あなたがまだ小学校に上がる前だった。私は、あなたになんでも教えていた。太宰ちゃまに、美知子さまという奥さまがいらしたことも、太宰ちゃまは山崎富栄さんと一緒に水の中に落っこちて死んだことも。教えながら、私はあなたがかわいそうでならなかった。元気づけたかった」

「美人意識」が、思わぬ方向の話にいって、私はぼんやりした。母は幼い私に、父を「太宰ちゃま」と童話の主人公のようによばせていた。

「幼いあなたは私にこう聞いたの。〝太宰ちゃまは、美知子さまと山崎さんとママの中でだれが一番好きだったの〟その時、私はついあなたがかわいそうで、〝ママよ〟といってしまったの。それがいけなかったの。あなたは瞳を輝かせて、とてもうれしそうだった。〝そうなの、ママが一番好きだったのね〟といって、それから毎日何度となく、同じことを繰り返し聞くようになった。私はそのたびに、〝ママよ〟と答えていたの」

幼い日、確かに私はそう繰り返し聞いていた。母の答えを聞くと、いとも誇らしい気持になるのだった。「太宰ちゃまは、空の上の神さま、その神さまが一番好きなのはママ」、こんなにうれしいことはなかった。

「私は、あの時にはっきりと、太宰ちゃまが一番好きだったのは、奥さまの美知子さまよというべきだった。それを、いつもあなたのせがむとおりの答えをしていたから、大人になったあなたが今、誰よりも自分を一番美しいと私にいわせなければ気がすまなくなったのよ。それを要求されるたびに、あの時私はまちがっていたと思うの」

母の話をきいているうちに、一時的に私の心の中から「美人意識」は消えた。しんとした頭に、津軽に疎開中の太宰から母に宛てた手紙の文面が浮かんできた。奥さまの目を気にした太宰は、母には「小田静夫」という男の名前で手紙をだすようにいっていた。一方自分は母あての手紙には、中学時代の親友の中村貞次郎氏の名前をもじった中村貞子という女名前を使っていた。

「拝復　静夫君も、そろそろ御くるしくなった御様子、それではなんにもならない。よしませうか、本当に。

かへって心の落ちつくコヒ。

憩ひの思ひ。

なんにも気取らず、はにかまず、おびえない仲。

そんなものでなくちゃ、イミナイと思ふ。

こんな、イヤな、オッソロシイ現実の中の、わずかな、やっと見つけた憩ひの草原。

お互ひのために、そんなものが出来たらと思ってゐるのです。
私のはうは、たいてい大丈夫のつもりです。
私はうちの者どもを大好きですが、でも、それはまた違ふんです。
やっぱり、これは、逢って話してみなければ、いけませんね。
よくお考へになって下さい。
私はあなた次第です。（赤ちゃんの事も）
あなたの心がそのとほりに映る鏡です。

虹あるひは霧の影法師

静子様

（あなたの平和を祈らぬひとがあるだらうか）」

随分考え抜いて書いた手紙だと思う。母への思いを正直に書きながら、ちゃんと、うちの者どもを大好きですと書いてあるのだった。夏の終りに、妻子ある男性と、私は何も起こらないうちに、この太宰の手紙を思い出して、胸がくるしくなったのだった。「こわくなったのでしょう、逃げたくなったのでしょう」という言葉は、自分の心をさしていったものだった。この手紙を思い出すたびに、秘めごとはとてもできないと思うとともに、「太田さんは性悪だ。恋もできない」といって手も握らずに去っていった男性が、また、別の意味でなつかしく思われてくるのだった。

古い写真

母のふるさと愛知川《えちがわ》は、琵琶湖の東にある。東海道線の米原駅から単線の近江鉄道に乗り換えて七つ目、彦根の五つ先が愛知川なのだった。娘時代に上京した母は、それ以来四十五年間、ついに一度もふるさとに帰ることなく、逝ってしまった。ふるさとをいつもなつかしがっていた母だったが、なぜか帰りたいとはいわなかった。とにかく、今はまだ帰れないというのだった。

「幼い日、汽車の窓から父と眺めていた鈴鹿山嶺を、私はいつか眺める日がくるだろうか」

母の死後、のこされた入院中のメモから、そんな言葉をみつけたとき、どうしても母のかわりに近江鉄道に乗りたいと思った。

母を亡くして翌年の三月、私は生まれて初めて母のふるさとを訪ねた。その時は、京都から知人の車でいった。母の実家である太田家の墓にもちゃんと参ったのだが、私はまだ本当に愛知川へいったという実感を持てずにいた。近江鉄道に乗っていないからのように思われた。

十二月半ばとは思えぬほど、暖かい日だった。二輛編成の近江鉄道の乗客は、まばらだった。農家の人らしい年寄りたちが、自分持ちの車輛のようにゆったりと坐っている。私は七十近いと思われる老婦人の前に腰かけた。

「東京からですか?」

電車が走りだしてまもなく、老婦人が声をかけてきた。うなずくと、皺の多い両手をズボンの上にきっちりと揃えたおばあさんは、お地蔵さんのような笑みを浮かべてさらに聞いた。

「どちらへ?」

「愛知川です」

「私は隣の町の湖東町」

幼い日、神社の境内か四つ辻で母と遊んだことがある人のように思われた。老婦人の顔に、母の晩年の顔が重なった。

母静子は、大正二年八月十八日、滋賀県愛知郡愛知川村、今の愛知川町の開業医の娘として生まれた。母の最初の記憶は、汽車の中だったということを、母は繰り返し話すのだった。

「三つの春だった。まんもるさまとインチョウさんと三人で、近江の野を走る汽車に乗っていたの。きれいな芸者さんが前に坐っていて、白いおまんじゅうをくれたわ」

母の父を、「まんもるさま」とよその人のように呼んでいた母は、二歳年上の兄の馨のことも、「インチョウさん」と呼んでいた。インチョウさんとは、「院長」のことなのだった。まんもるさまが昭和十三年に病死すると、長兄の馨が太田医院の院長となった。ところが、二代目はまもなく東京にでてしまい、愛知川の太田医院は消滅したのである。あのままインチョウさんが愛知川にいてくれたらよかったのだと、母はよく愚痴ともつかぬことをいっていた。最初の記憶の中でも、インチョウさんはぐずぐずしていたという。母は芸者さんがくれたおまんじゅうをすぐに食べたのに、インチョウさんはなかなか食べようとしなかった。そこで芸者さんは、紙に包んで兄に持たせたというのである。そういうもどかしいところが、インチョウさんとあなたは似ているといって、いつのまにか母の昔話は娘への説教にすりかわっていくのだった。

そんなインチョウさんを、母は決して嫌っているようには思われなかった。汽車の中でインチョウさんは、ロンドン仕立のセーラー服を着て、「小公子」のように可愛かったという母の口調は、どこか誇らしげだった。

最初の記憶の中で何よりも鮮烈なのは、まんもるさまがとても大きい男の人にみえたことであった。大木のように大きいまんもるさまが、芸者さんをうれしそうにみつめていた。あの芸者さんは、大人になった今、考えると、まんもるさまのなじみであったような気がするというのだった。

わが家の古いアルバムには、おそらくは大正の初めのものと思われる変わった写真が貼ってある。県の医師会の宴会の写真らしい。背広の胸に、白い名札が光ってみえる紳士たちは、全員ちょび髭を生やしている。火鉢の前に、芸者さんに腕を取られて坐っているまんもるさまもちょび髭である。まだ酒宴の最中らしく、火鉢の前には、お銚子とビールの瓶が置かれている。紳士の横には、それぞれなじみらしい芸者さんがはべっている。芸者さんの肩に手をかけたり、膝の上に芸者さんを乗せている紳士もいるが、決していやらしくは感じられない。実に明朗な感じがするのであった。

面白いのは、どの紳士と芸者さんの組み合せもそれぞれ親子か夫婦のように、雰囲気なり顔立が驚くほど似通っていることだった。襖を背に、直立不動の生真面目そのものの長身の紳士の横には、同じように姿勢のよいすらりとした芸者さんがくちびるを引き締め、すっくと立っているのである。恰幅のよいまんもるさまの腕に手をやった芸者さんは、やはり同じようにふっくらとしているのだった。娘のような彼女に腕を取られたまんもるさまは、照れ笑いを浮かべている。

母は父親のことを、「まんもるさま」と、中に「ん」を入れた呼び名で呼んでいるのに、母親、つまり私の祖母のことは娘の私にも小さいころから、「太田きさ様」というフル・ネームで呼ばせていた。孫の私が写真でみても、太田きさ様にはそういう威厳といったものが感じられるのだった。それにひきかえ、まんもるさまは診察中も、いつも穏やかな笑みを絶やさなかった

といわれる。晩年の六十を過ぎたころには、いいようのない甘さをふくんだ声で、
「静子ちゃん」
と呼ぶことがあったという。一方、太田きさ様が声を上げて笑うのを、母は一度も聞いたことがなかった。そういう太田きさ様は、娘の母からみると冷たい妻のように思われた。明るく堂々と芸者さんのいるところへ遊びにでかけるまんもるさまをみながら、母は愛されない妻よりも愛されるお妾さんになりたいと思うようになった。

母はお妾さん、ではないが、妻子ある作家の太宰の愛人といわれる立場になってしまった。少女のころの望みは、果たしたともいえる。しかし、母は、太宰が死んでからも、かつて愛人だったことへのおびえをずっと持ち続けていた。お妾さんに、明るくあこがれていた母にとって、それは思いがけないことだったろう。一方、そういう母に育てられてきた私は、逆にまんもるさまのような男性との平凡な結婚を夢みる少女になっていた。

母が少女のころ、「お妾さんになりたい」と思ったのは、芸者さんと一緒のまんもるさまの顔がアルバムの中で一番好きだったからかもしれなかった。この芸者さんが、まんもるさまのお妾さんだったとは考えられない。しかし、そういっても間違いではないような親密さが、二人の間にはたちこめていた。晩年近くなったまんもるさまが、母のことをびっくりするような甘い声で、「静子ちゃん」と呼ぶ時、母は自分があの写真の芸者さんになったような気持になりはしなかっただろうか。

写真のまんもるさまの隣で、真鍮火鉢の火かき棒を手にして坐っている面長のちょび髭の紳士は、孤立していた。旧御物の聖徳太子の絵像のような端正な容貌をした紳士は、切れ長の目をうつぶせ勝ちにして、きわめて無表情に坐っている。彼にだけは、お相手の芸者さんがいないのだった。

「この男性には、美男子意識があるのよ。だから、芸者さんが嫌って傍に寄ってこないの」

数年前、一緒にアルバムをみていた母が、ドラマの筋書を解説するようにそういった。

確かに、その男性は、自分をいい男だと意識しているという感じがした。それが、ひとつのかげりとなって、近寄り難い雰囲気を漂わせているようにも思われるのだった。

「だから、あなたも、美人意識を持ってはいけないのよ」

「あら、私はそんな美人ではないわ」

すかさずいい返すと、

「そこよ。そこが、太宰と同じあなたのいけないところよ」

母は説教の途中に、太宰のことを持ちだすことが多かった。「太宰ちゃま」と呼んでいた父のことを、いつから「太宰」と呼び捨てにするようになったのか、さだかではない。しかし、それはどうやら、私に美人意識の説教を始めたのと同じころからに思われるのだった。

「太宰は、どうしようもないくらいの美男子意識の持ち主だった。それをつとめて、隠していた。自分の顔は、大きくて恥ずかしいといったりしてね。ちょうど、あなたが、『どうせ、私はみっともない顔よ』などと、心にもない口からでまかせをいうのと同じように。でも私は、太宰の生きているころは、彼の美男子意識がわからなかった。それを教えてくれたのは、あなたの美人意識よ」

母の声は、太宰の話になると一段と大きくなるのだった。

「太宰と一緒に並んで街を歩いている時だった。太平洋戦争の始まったばかりの冬、まだ逢い初めしころのお話。チェホフの『三人姉妹』の話をしていて、何気なく、チェホフが妻のオリガ・クニッペルと一緒に笑っている顔はとてもいいといったの。あの笑顔を、大好きだともいったわ。そうしたら、さっと太宰の顔色が変わったの。そして急に、黙ってしまった。私は何が何やら、わけがわからなかった。次に逢った時、太宰はいきなりチェホフの顔の悪口をいいだすのよ。あんな顔、ちっともよくない。本当にいい顔だと思っているのか。信じられないって。私は妙な気がしたわ。チェホフは、太宰の一番尊敬していた作家なのよ」

私にはその太宰の気持が、手に取るようによくわかるのだった。太宰は、母から自分の顔だけを讃美してほしかったのだ。たとえ、尊敬するチェホフであっても、自分の顔をさしおいてそのようにほめてほしくなかったのに違いない。

太宰は、母のことを「きれいだ」と口にだしてほめていたという。おそらく、私も太宰の立場にいたら、そうぬけぬけと口にだしたことだろう。ほめながら、同じように自分の顔も讃美されることを願ったと思う。一方、母は好きな相手の顔なればこそ、軽々しく美しいなどとはいえないといった。まして自分のお腹から生まれた娘の顔をほめるのは、とても恥ずかしいことだというのだった。

家中の人が母の顔をおかしいという中で、まんもるさまだけが、

「静子ちゃんは、赤いばらのようだ」

といってくれた。

まんもるさまは、母にいつも優しかった。小学校に上がる前、お寺の日曜学校で和尚さんから、〝ウソをついたら、地獄へいって、エンマさんに舌を抜かれる〟ときかされて急にこわくなった母は、家中の一人一人に、〝今まで、うちのいったことで、ウソやったことは、こらいてな〟と、頭を下げてまわった。だれもが、〝静子さんがまた、おかしいことをいうてなはる〟といって笑った。しかし、母は〝わかりました〟という答えが返ってくるまでは、執拗にあやまって歩いた。太田きさ様は、あきれたように母をみつめていた。大きくうなずきながら母の頭を撫でてくれたのは、まんもるさまだけだった。

最近になって、私はひょいとこの母の話を思い出して心が明るくなった。白雪姫のお妃そのままに顔のことをしつこく何度も繰り返して母に聞く私と、幼い日の母は似ているような気が

した。もちろん、母はお妃や私のようなみにくい心の持ち主ではない。こちらの満足のゆく答えが返ってくるまで、執拗に同じことを聞き返すというところが似ていたのである。

美人意識は、太宰譲り、執拗に同じ言葉を繰り返すというところは幼い日の母と同じだったのだと思うと、ふっと心が明るくなるのだった。

「静子は、太田家の中で一番、おかしい顔をしていたな」

母の骨を焼いた火葬場からの帰りの車の中で、インチョウさんがいった。母の位牌《いはい》を胸に抱えていた私は、むっとした。母が骨になったばかりの何もこんな時に、いうべき言葉ではないと思った。

「いいえ、母はきれいなかわいい顔をしていました」

むきになっていった。本当にそうだったのだ。私は、母の大きい目が、好きだった。それから、ふわりと丸くふくらんだ鼻も、たまらなく好きだった。横からみると、母の鼻は、思わず食べてみたくなるようにおいしく感じられた。

インチョウさんは、鶴のような体をますます細くして、少しぼんやりした横顔をみせていた。姪の思いがけない見幕に、気押されたように思われた。細く先のとんがった鼻は、母の鼻とは少しも似ていない。「太田きさ様」の鼻なのだと、母が教えてくれていたその鼻が、一層おとなしくすぼんでみえた。今は東北の小さな町の病院長をしているインチョウさんが、幼い日のもどかしい「小公子」に戻ったような気がした。
老いてからのたった一人の妹の死に、彼は彼なりに、ショックを受けているのかもしれなかった。そして、車の中のしめやかな雰囲気に耐えられなくなって、あのようなことをおどけていったとも考えられるのだった。

母の二歳年下の弟の武叔父は、母の骨壺を胸に助手席に坐っていた。彼は、先程からずっと黙っているのだった。赤ん坊が何ものかにおびえているようにみえるその横顔は、母に似ていた。七年前に東芝を退職した武叔父のことを、母は死ぬまで、小さい時のままに「タケヤン」といっていた。

「小さいころ、タケヤンはね、『タケヤン・タケノコ』と近所の子にはやされると、ワーッと泣いて家に帰ってきたの。小学校でもタケヤンは、『静子ねえちゃん』と泣きながら、私の教室の前にきたのよ」

タケヤンと母は、実によく似た姉と弟だった。母が杉並の永福町の寮母をしているころ、母と私は、タケヤンと一緒に墓まいりにでかけたことがあった。その時、電車の中に並んだ二人の顔をみて、吊り革につかまっていた私は思わず笑ってしまった。二人は、まったく同じ目をしていた。赤ん坊の目のように澄んで一点をみつめる大きな目である。

「ママの目はタケヤンの目。タケヤンの目はママの目なのね」

家に帰ってからいうと、

「そうかしらね」

母はそっけなく返事した。少し物足りなかった。私にもし、あんなにそっくりの目をした弟がいたら、どんなにうれしいかわからなかった。

「どうして、もっとよろこばないの。タケヤンと同じ目なのが、うれしくないの」

「恥ずかしいのよ」

母は、小さい声でいうと、そのまま横を向いてしまった。赤ん坊が今にも泣きだしそうな横顔だった。

母より五歳年下、タケヤンより三歳年下の通叔父は、私が小学一年の秋に病死した。小学校に上がるまでの三年間、大病後まもない母と二人して葉山の通叔父の家に居候していた。

母は、通叔父のことだけは、「通」と、呼び捨てだった。母と私が葉山の家をでてまもなく、三十半ばで病死したこの弟を、母は兄弟の中で一番頼りにしていたのである。しかしその叔父も、時におびえた表情をするのを、幼い私は知っていた。通叔父の奥さんの信子さんの実家から、時々信子さんのおかあさんがみえた。

「今夜はスキヤキにしなさい」

縁側で新聞に目を通しながら、そういう彼の横顔は、どこかさびしそうにみえる一方、おびえたようにもみえるのだった。自分の身内を居候させていることで、妻に恐縮していたのだろうか。

四人に共通するこのおびえの表情は、まんもるさまと太田きさ様が一度も子供を叱らなかったせいだと母はいった。それで、世の中にでてから、ああいう表情をするようになったというのである。あなたへの説教は、世の荒波にめげないつよい女になってほしいためだと母はいった。

母には、姉妹が二人いた。十一歳年上の芳子さんと、七歳年下の槇枝ちゃんである。芳子さんは十七歳の時に肺炎で死んで、槇枝ちゃんは六歳の時にスペイン風邪にかかって死んだ。芳子さんの思い出は、母がまだ幼かった時のことだけに夢のように美しく思い出されるらしかった。

母の思い出の中の芳子さんは、色白の肌がほのかに蒼味を帯びて、すずらんの花のようだった。一緒に歩いていると、村の青年が、「きれいやな」と声をかける。すると母は、自分がいわれたのだと思って、袂で顔を隠していた。家に帰ってくると、芳子さんから、「変な子」といわれた。

彦根の女学校に通っていた芳子さんは肋膜にかかり、ずっと家にいるようになった。偏食がつよく卵焼きしか食べられなかったのがいけなかったのだとか、女学校で図書室の係りをしていて古い本を毎日みていたせいもあったとか、まんもるさまが話していたのを母はおぼえているという。芳子さんは、自分はもうよくなったから、学校へ戻りたいといっていた。しかし、まんもるさまと太田きさ様が、それを許さなかった。芳子さんは、家でお茶やお花を習っていた。それから、本をよんでいた。病気がどうして急にわるくなったのか、そこのところはよくわからない。八月十五日のお盆の日の、午後だったという。みんなが芳子さんの枕許に集まっていた。おとなしく寝ている芳子さんの目が、紫水晶のように輝いていた。まんもるさまが、

「おじいさん、おばあさんのところへゆくのだよ」

というと、芳子さんはうなずいた。その日の夕方、芳子さんは息を引き取った。

芳子さんがなくなった年の冬、大雪が降った。夜、部屋の窓からふりつもった雪をみているうちに、母は急にその上に寝たくなった。雪の上に寝ていたら、きっと芳子さんのように冷たくなると思った。六つくらいのころは、死ぬことがどんなことかわからなくて、ただ芳子さんのところへいきたかった。芳子さんの紫水晶の目を、もう一度みたかった。芳子さんの、「早く、こちらへいらっしゃい」という声が聞こえてくるような気がした。芳子さんは、太田きさ様に似て優しく笑うということはなかった。しかし、これから芳子さんのところへいけば、いつもにっこりしてくれるような気がした。母は夜中にそっと寝床を抜けだして、寝巻のまま雪の上に寝た。そうしていつのまにか眠ってしまった。気がつくと、母のからだは雪の上で、冷たくなるどころか、かえってポカポカしていたのだった。

幼い日にこんなに明るい自殺未遂をした母が、大人になってからは、人一倍死ぬのがこわくなっていた。

六十を過ぎてからも、母は死ぬのがこわいといい続けていた。死んだら焼かれて、土に埋め

られるのがこわいのだという。自分の死顔が、こわいともいった。

母の死顔は、やすらかだった。棺の中の死化粧をすませた母の顔を、だれもがかわいい少女のようだといったが、私は病室で最後に息を引き取った瞬間の母の顔の愛らしさが忘れられなかった。母は、こんなにもあえかな人だったのかと思った。白い雪の中に眠っているような幼女の顔だった。

「上は灰まき、下は雪ふり、まんなか千鳥」

妹の槇枝ちゃんが六歳で死んだ日、朝からちらちら雪が降っていた。冷たくなった槇枝ちゃんの寝ている縁側に坐って、空を仰ぎながら母は小さい声でこの歌を歌ったという。年をとってからも、母はよくこの歌ともいえない歌をくちずさんでいた。母がいなくなってから、ふと気がつくと私は、この歌をくちずさんでいることがあった。

六歳の槇枝ちゃんが小雪の中に消えていったように、六十九歳の母もあの雪の中に消えていったという気がする。

「私は死んだら、まんもるさまと太田きさ様のところへいくの。太宰のところへはいけないから」

母はよくそういっていた。

「まんもるさまと太田きさ様が生きていたら、私は妻子ある太宰との間に、あなたを生むようなことはできなかったと思うの」

母は、そうもいっていたのである。

私も母と一緒にいると、妻子ある男性に近づくようなことは到底できないという気がした。そればかりか、たとえその相手が結婚できる独身男性であっても、おいそれとは交際できないように思われた。人一倍敏感な母は、微妙な娘の変化にすぐ気づいてしまうに違いなかった。それは耐えられない恥ずかしいことに思われた。

「もう、いいわよ。お相手が妻子ある男性でもよくてよ」

入院してまもないある日、母は突然、ベッドの上でそういった。母は、私がなかなか結婚の相手をみつけられないでいることに業を煮やしたのだと思った。しかしいきなりそういわれても、その時すぐに思い浮かぶ男性はいなかった。

母が死んで、入院中のメモを整理すると、そこには、「治子の結婚」という言葉がひんぱんにでてくるのだった。

「治子が早く結婚できますように」

「私の病気で治子のお相手が現れるのがおそくなってごめんなさい」

そんな鉛筆の走り書きをみると、母は口ではもう相手が妻子ある人でもよいといいながら、実のところ、ひたすら娘の結婚を願っていたことがわかった。夏の終りに、妻子ある男性と街を歩いている時、急に母のメモ帖の「結婚」というまるっこい字が浮かんだ。すると胸がくるしくなった。母が死んでも、私はおいそれと妻子ある男性を好きにはなれないのだった。

「愛知川に、おかあさんが待っていなはるのでしょう」

向いの老婦人に声をかけられて、思わず「はい」と、返事をしたくなった。近江の野を走る近江鉄道に揺られながら、私はふと母がまだ生きているような気持にもなっていたのだった。「母は、死にました」という言葉を、初対面の人にはなかなかいいだせない。やはり、私の心のどこかにはまだ、母が死んだということを、みとめたくない気持があるのだった。幼女のころのように、母は雪の中からむっくりと起き上がるような気がする。

母は、手術後の昏睡状態がさめやらぬまま、ベッドの上で、長い夢をみていたのかもしれなかった。——母とまだ若かったまんもるさまと「小公子」のインチョウさんを乗せた汽車は、近江の野を走っている。向いの席では、芸者さんがにっこりと笑っている。酒宴の席で、まんもるさまの腕を取っていた芸者さんである。

あるいは母は、夢の中で、私と私の結婚相手の男性と三人で汽車の中にいたようにも思われた。母がかたくななまでに、近江には帰れないといっていたのは、まだ私の結婚相手がみつからない、ということもあったのかもしれない。

母が死んでからも、私の親不孝は続いている。いつまでも続くように思われた。窓の外に、お椀を伏せたような低い山がつらなっている。鈴鹿山脈は、その向うにあるのだろうか。

「次が愛知川ですよ」

向いの老婦人の言葉が、どこか遠いところからのように聞こえてきた。

夜の電車

「夜の近江鉄道に乗って愛知川に帰りたい」

母がいきなりそういったのは、十一年前の二月初旬の、しんしんと冷え込んだ夜の玉電の中だった。

「愛知川へ？」

吊り革につかまりながら、暗い窓の外をみていた私は思わず大きな声で聞き返した。

八年間、母が寮母を勤めた化学会社の独身社員寮が急に閉鎖となり、ふたりで、近くのアパートへ引っ越しをした晩のことである。

夜になってもなかなか片づける気になれないでいる引っ越し荷物に囲まれながら、私は溜息を繰り返していた。これからどうやって生活していくか、まだ何も決めていなかった。大学を卒業してからどこにも就職することなく、ずっと寮母の母の手伝いを続けながら、小説を書いたり朗読の勉強をするうちに、私はいつのまにか二十五になっていた。母は、ちょうど六十だった。寮の閉鎖と、寮母の定年の年が偶然一緒になったのだった。これ以上、母に働いてもらおうとは思わなかった。

「これから玉電に乗ろう」

ぼんやりと荷物の中にうずくまっている私に、いきなり母はいったのである。

「玉電に？」

その時も、私は大きな声で聞き返した。どうしてこんなに遅くになって、用事もないのに玉電に乗らなくてはいけないのか、わけがわからなかった。

「寮母になってから八年間、私はただの一度も夜の電車に乗ったことがなかった。寮母をやめた今晩、どうしても乗りたいの」

私は、はっとした。寮母の母は、一度として、

「夜の電車に乗りたい」

といったことがなかった。そういう願いを持っていた母の気持を、いわれなければ気がつかなかったのが恥ずかしかった。

「さあ、いくわよ」

母はそういうと、もう黒いオーバー・コートに手をかけていた。

正式には東急世田谷線といった玉電の始発駅の下高井戸は、京王線との乗換え駅にもなって

いた。駅前には、スーパーのほかに小さなマーケットが三軒もあり、どの店も安く活気があった。寮母の母とその手伝いの私は、毎日買物袋をぶらさげて駅前まで買出しにでかけたのである。寮は、井の頭線の永福町駅と下高井戸駅のちょうど中間にあった。バス通りを五分も歩くと、甲州街道にぶつかる。その歩道橋を渡れば、そこはもう下高井戸の商店街になっていた。

昼間の住宅街を走るチンチン電車の玉電に、母と私はナイロンの買物袋をぶらさげたままふらりと乗ることがあった。ひとつ目の松原でおりると、そのまま住宅街を散歩しながら下高井戸の駅まで戻る。それは、母と私の密かなたのしみになっていた。

玉電に乗っていると、母は二十四の娘時代以来、一度も帰っていないふるさとの近江鉄道を思い出すといった。近江鉄道も、玉電と同じように二輛編成なのだと、母は教えた。みどり色の車体の玉電のレールの両脇には、青々としたペンペン草が生えている。確かに、どこかひなびた田舎の町を走っているような錯覚に陥ることがあった。

昼間の玉電は、買物袋を抱えたサンダルばきのおばさんが多く乗っていた。母も、そういう一人だった。同類の女性を、母は子供のように瞳を輝かせてみつめていた。

昭和五年、母は近江の愛知川から上京して、渋谷にある実践女子専門学校家政科に入学した。母が私の幼いころから、「まんもるさま」と呼んでいた祖父の守は、愛知川で開業医をしていた。その時、すでに郊外電車の玉電は開通していたのである。母は世田谷の三軒茶屋にある、当時日本郵船の機関長を勤めていた上ノ畑という姓の叔父の家から玉電に乗って渋谷まで通学していたのである。出発する時のチンチンというかろやかな音は、当時のままだと、母はうれしそうに話すのだった。

その気になれば、母は一人で夜の玉電に乗ることができたのである。寮生の夜の食事は私にまかせればよいのだった。しかし、母は寮母たるもの、それはしてはいけないと、固く心にいいきかせていた。母には、そういった律義さがあった。

夜の玉電のドアの手すりにもたれるようにして暗い外をみつめている母の横顔は、何も考えていないように思われた。八年ぶりの夜の電車に揺られて、呆然としているのだと思った。その母がいきなり、

「夜の近江鉄道に乗って、愛知川に帰りたい」

といいだしたのである。

「私、今、愛知川のことを考えていたの。夜の闇にまぎれて、愛知川の駅におりて、太田医院の跡をひと目、みてくるのもいいなと思ったの」

これから先、二人はどうなるのだろうと思って、またしても電車の中で溜息をついていた私は、その母の突拍子もない思いつきに急に心が明るくなった。

「そうね、いきましょう、きっといこうね」

私は玉電の中で、母の手をつよく握った。私が有楽町の大叔父の事務所へ勤めることが決まったのは、それから三ヵ月後だった。

二年半の会社勤めの後、私はＮＨＫの美術番組の司会アシスタントになった。毎週一回の番組に結構追われる中で、母と夜の近江鉄道に乗って愛知川へいく話は、いつのまにか立ち消えになってしまった。三年後に番組を降りてまもなく、エッセイ集と小説集が二冊まとめてでた。母と二人きりの生活の中で、初めて愛知川へ帰るゆとりらしいものがでてきたのである。

「愛知川に帰るとなれば、五十万円はかかる。洋服も新調しなくてはいけないし、昔を知っているみなさんに、それ相応のおみやげが必要だわ。そんなお金があるなら、いっそ外国へいきたい」

と母はいうのだった。なぜそんなに、いい洋服を着ていかなくてはいけないのか、たっぷりとしたおみやげが必要なのか、母の昔を知らない私にはまるで合点がいかなかった。私は、玉電のみならずどんな電車に乗る時も、ナイロンの買物袋に気ままなサンダルばきで通してしまうような、いっさい人の目を気にしない母しか知らなかった。「ヴァニティ」といった言葉からは、もっとも遠い女性のように思われた。

ただひとつ、「おや」と思う時があった。毎年五月に開かれる愛知川高等女学校の東京同窓会に、母は、寮母をしている時代から欠かさず出席していた。ふだんは化粧といえば頰紅をはたくぐらいの母が、その日に限って私にちゃんとした化粧をしてくれと頼んだ。すっかり皺の多くなった母の顔にファンデーションを塗り、それから明るい口紅を塗る。ろくに鏡をみないではたくものだから、時には金時娘のようになっている頰に、その日は娘の私が頰紅をうまい具合にほんのりとつける。すると鏡の中の母は、見違えるように美しくなるのだった。

「これで、もう少し鼻がすぼんでいれば、岡田茉莉子そっくりよ」

というと、母は鏡の中でまんざらでもない顔をして微笑むのである。

毎年、その日の洋服は、五分袖の黒のアセテートのワンピースと決まっていた。初夏のただ一着のよそゆきだった。それに、黒のエナメルの靴をはいて、母は老いたシンデレラのようにいそいそとでかけていくのだった。

結婚式や葬式といったセレモニーは嫌いだといっている母が、さしてそれらと変りがないと思われる同窓会にどうして毎年すましかえっていくのだろう。母の女学校時代の親友の多くは、皆京都にいた。

「まんもるさまに診察された遠い昔の女の子たちがいるからよ。みんな、まんもるさまは、立派な優しいお医者さまだといってなつかしんでくれるの。まんもるさまの名誉のためにも、私はきちんとした恰好をしていかなくてはいけないのよ」

寮生の夕食の仕度に間に合うようにあたふたと帰ってきた老シンデレラに嫌味をいうと、妙に狼狽してそう答えた。

東京同窓会には黒のワンピースでいくことができても、愛知川にはその程度の恰好では帰れないということが私にはわからなかった。娘時代に母は、愛知川きってのモダン・ガールだったという。最初の夏休みの帰省の時、母は白いミニのワンピース姿で、愛知川の駅におりたった。愛知川じゅうが、しばらくその話で持ちきりだった。それでいて家政科を中退して愛知川に戻ってきてからは、毎月のように京都の大丸から贅沢な着物を買っていたという。しかし、それがなんだというのだろう。年取った母が、黒いアセテートのワンピース姿で帰っても、少しもおかしいとは思われなかった。

結局のところ、母には、その程度の姿でふるさとに帰ることは、きらきらしい娘時代を送らせてくれたまんもるさまに申し訳ないという気持があったのかもしれなかった。

寮母になる前、母は十一年間、倉庫会社の食堂の炊事婦をしていた。その食堂に、ある日、立派な着物を着た女性が入ってきた。母はその顔に、ぼんやりと見覚えがあった。母より少し年下の彼女は、小さな女の子の頃、まんもるさまに診察されたことがあった。その昔の女の子が、まんもるさまの娘の母を突然訪ねてきたのだった。

茶碗洗いの手を休めて白いエプロン姿のまま食堂の裏口にでてきた母をみて、その女性はしばらく声もなかったという。ほとんどまとまった言葉もいわずに、とぶようにして帰ったというのだった。

「あれからしばらく、愛知川では、静子さんが炊事婦してなさるのは本当やった。ウソやなかった、という話で持ちきりどした」

寮母時代の母に会いにきた愛知川小学校時代の母の同級生がいった。それまでは、娘時代の母を知っているだれもが、母がそのような仕事についているとは信じていなかった。ミニ・スカートをひるがえして愛知川の畦道を自転車で突っ走るモダン・ガールである一方、静子さんにはどこか箸を持ち上げるのも危うそうな、か弱い姫君の感じがあったからだと、寮母の母を前にしてその友だちはいうのだった。

愛知川の人が、炊事婦の母を倉庫会社の食堂に訪ねてきたのは、いったい、いつ頃のことだったのだろうか。私が高三の九月に、母は急にその倉庫会社をやめることになった。

当時のワンマン社長から母は、

「治子ちゃんが高校を卒業したら、そのままこの会社に勤めるように」

といわれた。

小学一年の時から母の勤める会社の食堂に出入りしていた私は、その外人のように目が青く背の高い、土建業上りの社長をみると、こわそうだなと思うとともに、ある親しみをおぼえた。ヤクザの親分、といった風貌をたたえた彼は、長崎の生れだった。母親は、どうやら芸者さんらしいという噂であった。

彼は、母親と早くに別れて他家に養子にいき、大分苦労して育ったらしかった。「父無《てて》し子《な》」という一点で、彼と私は似ているのだった。親しみは、そこから生まれた。

彼は会社のレクリエーションで海にいく時、いつも少女の私を誘った。みんながペコペコする社長と同じ黒い大きな車に、炊事婦の娘はショート・パンツでおつにすまして乗っていたのである。白いレースの縁飾りに覆われた深々としたシートによりかかりながら、少女の私はふと、「こじき王子」のお話を思い出した。王子さまになりすました乞食の少年のような気持だった。

「治子ちゃん、今晩は何を食べたいか？」

西部劇にでてくるスターそっくりの横顔をみせながら、社長が聞く。私はおくせず、

「ビフテキ」

と答えた。会社で役員会議がある日は、親会社から何人かの重役がやってくる。その人たちのために、母は会社から派遣された料理学校で本格的に習ったビーフ・ステーキを焼くのだった。そのおあまりの切れ端を、後で私はほんの少し食べさせてもらえるのである。それは、うっとりするほどにおいしかった。

「よし、今夜は、ビフテキにしよう」

ステッキをトントンさせながら、彼はいった。私は少しも息苦しくなかった。この男性も、私と同じようにおとうさんを知らずに育ったのだという親しみが、おくすることを忘れさせていた。しかしそのことと、彼の会社にお勤めするということは別だった。

私は大学にいきたかったし、そのワンマン社長の支配する会社の雰囲気にはどうしてもなじめずにいた。父と息子、夫と妻、というように、その会社では家族ぐるみで働いているカップルが多かった。母の同僚のおばさんの長女は、結婚してからも老社長の秘書を勤めていた。そ

の美しい大柄な娘さんは、時々眉にちょっと気むつかしそうな皺を寄せて、食堂の母親に会いにくるのだった。母と私がそういうふうになることは、絶対に考えられなかった。それでも私は、食堂の茶碗洗いを手伝っている時、いきなりぬうっと社長が現れるとすぐににっこりと会釈できた。しかし母はいつもぶっすりと怒ったような顔をして茶碗を洗い続けるのだった。

それだけでも、目ざわりな存在だったのに違いないのに、おまけに母は彼にとって頭の上がらぬ親会社の社長の姪、ということでもあった。本当は母は、もっと恵まれた職場にいてもよいところだった。母は、事務の仕事につきたがっていた。しかし、妻子ある作家との間に子供を生んだ母は、親会社の社長をしている大和田の大叔父にしてみれば、「恥ずかしいことをしてくれた姪」ということになり、夫人であるフジ子さんからは少々うとんじられる立場にあった。そういう母には、食堂の炊事婦を続けさせておくのが一番よいと、子会社の社長の彼は考えたに違いない。

母は、大和田の大叔父やフジ子さんによく手紙を書いていた。手紙の最後の言葉は、いつも同じだった。

「……叔父上、叔母上に心から感謝申し上げます。社長にも感謝申し上げております。治子にもいつも、御恩を忘れてはいけないといいきかせております」

それは本当だった。母は事務の仕事に変わりたいと、つよく不満を抱いている一方で、食堂で働いているからこそ、育ちざかりの食いしん坊娘の私にも、のこりもののおかずをたらふく食べさせることができるのだと話していた。事務に変わりたいというお願いを書くつもりの手紙は、結局、いつもそれを書きだせずに終るのだった。

炊事婦の母の給料は、四畳半一間の家賃を払うと、いくらも残らなかった。それでもちゃんと暮らしてゆけたのは、毎日の食費がほとんどかからなかったからである。しかし、そうしたきゅうきゅうの生活の中で、私はあろうことか、都立の高校受験に失敗して、私立の女子高に入ってしまった。大和田の大叔父が、時々フジ子さんに内緒のポケット・マネーをだしてくれたので、なんとか無事に高校生活を続けることができたのである。しかし、母の会社の社長はそれが気にいらなかった。炊事婦の娘が、何も私立の女子高にいくことはないと、母はイヤミをいわれた。食堂の同僚のおばさんの息子は、立派に都立の一流校をパスしていた。

「治子は、大学にいきたがっています」

と母から聞かされた彼は、

「何?　大学にいかせる?　それなら夜学にいけばいい。そのかわり、昼間はここに勤めさせなさい」

といったのだった。

思いたったら決断の早い母は、いきなり総務課長に辞表を提出した。母は、社長室に呼ばれた。そこには本社から派遣されている役員もずらりと並んで、社長を囲んでいた。思わず身がすくんだが、つとめて冷静な声で、

「やめさせていただきます」

と、一言いった。

「そうか、やめるのか、それならいい。お前のような女は、ここをでたらきっと野たれ死をする。治子だけはかわいそうだから、いつでも戻ってくるように」

社長は、ドスのきいた声でいったという。

半年後、あんなに元気にみえていた彼はあっけなく病死した。彼は、母が絶対にやめるはずがないとタカをくっていた。母と娘の私が彼の許を去っていったことに、彼は相当なショックを受けていたようだと、会社の人から聞かされた。その死を知った時、真っ先に浮かんだのは、夏の海の家の宴席で私に向い親しみのこもった大声で、

「治子ちゃん、もっと何枚もビフテキを食えよ、負けるなよ」

と呼びかけた彼の青い目だった。

母がまもなく寮母になったのも、思いがけないなりゆきからだった。ゆくあてもなく会社をやめて数日とたたないうちに、三軒茶屋で開業医をしている母のいとこから連絡が入った。女子大生の寮母をしている知り合いが、急にやめたいといいだして困っている、かわりにやってくれないかという話だった。母は、即座に引き受けた。

その寮には、地方から上京して東京の大学に通っている十二人の女子大生がいた。偶然にも、

大叔父が社長をしていた化学会社の地方工場に勤める家庭の子女たちだった。

私は毎朝、下高井戸から玉電に乗って、高校に通うようになった。そして学校の帰りに、寮生の朝の食パンを買って帰ることがあった。

私が大学に入学してまもなく、寮は独身社員寮に変わった。女子大生の寮にしておくには贅沢だということになったのである。寮生の朝の食事は、パンから御飯に変わった。エプロンをつけて彼らに味噌汁をよそう私は、彼らの一人一人の、新妻のような雰囲気が漂っていたかもしれない。

「いってらっしゃい」

玄関で大きい声をだして見送ると、彼らはあたふたと無言で駆けていくのだった。そういう生活が、それから八年続いたのである。その間に、私は大学を卒業した。

寮の閉鎖が決まった時も、母が倉庫会社の食堂を突然やめた時も、これからどうしようというあてがなかったところは同じだった。ただはっきりした違いは、あの当時高校生だった娘が、今はもう二十五のれっきとした大人の女になっていたことだった。

大学卒業後、毎月一篇は二十枚の短篇を書くと母に約束した私は、寮の閉鎖が決まった時点でもう何も書いていなかった。百十枚の学園紛争を取材した小説をなんとか書き上げて、『新潮』に発表できたものの、十七歳の時に書いた「生いたちの記」とは違って、一行の批評もなかった。そのことに、母は私以上にショックを受けたようだった。その初めての小説を、母はそれなりにいいものだとみとめてくれていたのである。そのせいか、その後に私が書く気を失っても、何もいわなかった。やがて私は、かねてから密かになりたかった声優の勉強を始めた。

「なかなかみどころがある。二ヵ月もたったら、プロダクションを世話しよう」

最初に私の朗読をきいた時にそういった声優の先生は、それきり何もいわなかった。こちらも、何もいいだせずに日が過ぎていった。私は父の友だちだった劇作家の紹介で、戦後まもない頃に大活躍した声優の草分けの一人であるその先生の家を訪ねたのだった。それから毎週一回、彼のまったくの好意で、無料の個人レッスンを受けるようになった。

私の朗読を、自宅の応接間のソファで、ころんと横になって聞いている先生は、最初に自分でいった言葉をもう忘れてしまったように思われた。このようにその道で高名な先生ですら、声優だけで食べていくのは大変なことなのだと、レッスンを受けて半年もたつうちにわかってきていた。俳優は、運動神経が鈍いから駄目、声優でいこうと、安易に考えたのが間違いだった。声優志願の若者は、ごまんといた。しかし、そのことを母にはいいだせずにいた。

あるいは母は、ちゃんとその道では見込みがないことを最初からわかっていたのではないだろうか。それでも、せっかく娘が一所懸命にやっていることだし、黙っていようと思っていたのかもしれない。

二十五になった娘が結婚さえしてくれれば、母はそれが一番安心なのだった。寮生の中には、母が、「この人なら」と思う男性がいた。

私よりひとつ年下だった経理課の彼は、寮生の誰もが一番嫌がることを、すすんで引き受ける男性だった。水洗トイレの管が工事のミスで詰まった時も、彼は一人で汚い管に手を突っ込んで直してくれた。一人、庭先に埋められた管を直しているその後姿に、母は感動したのだった。

「あれ以来、朝でかける彼の背中を、思わず抱きしめたくなるのよ。とてもいじらしい背中を、彼はしているわ。それをあなたはいつも棒のように立って、口先だけでは愛想よく『いってらっしゃい』という。冷たい子よ」

母は、よくそういった。

その頃の私は、結婚につよくあこがれていても、いざ現実問題として考えるのがこわかった。同じ屋根の下で暮らしている寮生との結婚は、あまりにも現実的であり過ぎた。結婚する前に、まずよい小説を書きたい、声優になりたいという気持が先行していた。一方、二十五にもなってまだ恥ずかしいことながら、密かに「玉の輿」を夢みる心もひそんでいたのである。しかし何よりも決定的なのは、母のようにその男性の背中に抱きつきたいという衝動が起きないことにあった。しかし、そうしたことを母に正直にいうのは、なぜかはばかられた。私はかわりに、

「彼はあまり、頭がいいとは思えない」

といったのである。彼からもらった手紙には、誤字が目立った。母は仁王さまのように目をむ

いて、怒った。

「それがどうしたというの。男は心よ、心が大切なのよ」

夏の終りに買いたてのオートバイに乗せてもらって、同じ世田谷区内にある砧ファミリー・パークにいったことがある。彼の卒業した大学の商学部は、その公園のすぐ近くにあるのだった。公園の噴水の水が、じっとり汗ばむ空気の中で妙にけだるく四方八方に散っていた。彼は私にその噴水のへりで待つようにいうと、缶入りジュースを両手にして戻ってきた。そこでジュースを飲んで、それでおしまいだった。

オートバイの後部座席で、彼の腰に手をやりながら、私は母の言葉を思い出した。母のいうところのいじらしくもひろやかな背中が、すぐ目の前にある。しかし、母のいうような感情はわいてこなかった。その自分に、私はなかば絶望した。

「治子さんの微笑は、『偽りの微笑』だ。本物の微笑じゃなかった」

と彼は母にいったという。どの寮生にもすべて同じように愛想よく、「いってらっしゃい」といえるのは、すなわちだれにたいしても上の空の気持でいるということだった。地方出身の彼は、ひじきと油揚げの煮たのや、芋の煮ころがしが好きだった。私もそういったものが好きだったので、いつもおかずはおいしくつくることができた。そういう私をみて、この娘と結婚してもよいと思うのは自然なことだった。もしどこかの街で逢ったならば、感じのよい男性と思い、おつき合いしたいと願ったのに違いない男性だった。

寮の引っ越しの朝は、今にもみぞれがふりそうな灰色の空がひろがっていた。

「さよなら、なんか、あっけないなあ」

そういって、寮の玄関の向うに彼の後姿が消えた時、思わずまぶたの奥が熱くなった。もうこんな優しい背中に、これから逢わないような気がした。

母の一周忌が過ぎてまもない十二月の昼下り、私は一人、近江鉄道に揺られていた。母と夜の玉電に乗ってから、十一年の月日が流れたのだった。

米原の近江鉄道のホームに立った時、ふいに隣に黒いオーバー姿の母がいるような気がした。

「一緒に乗りましょうね」

私はその母に話しかけた。電車は昼間の玉電のようにガラ空きで、母と私は隣り合せに坐った。

二輛編成の近江鉄道は、たんぼや畑の中をカタコトとおとぎの国の電車のように揺れながら走る。確かに乗り心地は、どことなく玉電と似ていた。大きく違うのは、窓から遠く低い山なみがみえることだった。紅白に色分けされた車体は、少々古びてはいるが、いなかのお祭りの日のおまんじゅうのようにめでたくみえた。

半世紀も昔、実践女子専門学校家政科一年の母は、夏休みが終って東京に戻る時に、太田きさ様からおまんじゅうの包みを手渡された。愛知川でたった一軒の和菓子屋の「しろ平」の酒まんじゅうだった。母はそれを、東京の叔父、叔母に渡すのが恥ずかしくなった。東京には、おいしいケーキや上品な和菓子がいっぱいある。思いきってその包みを、近江鉄道の窓から投げ捨てた。

「いけない娘だったわ。今にして思えば、かえって叔父さん、叔母さんは、いなかのおまんじゅうをよろこんだと思うの。ああ、『しろ平』の酒まんじゅうを、もう一度食べてみたい」

母の、甘い少女のような声が聞こえてきた。

「でも私、おまんじゅうを捨てる時に泣いていた。東京に帰るのが、たまらなく嫌だった。愛知川と別れるのが、かなしかった」

ふと母は、十一年前の夜の玉電の中で、暗い窓の外をみつめながら泣いていたような気がした。二十年間、私を育てるために炊事婦から寮母と働き続けた母に、ひとつのピリオドが打たれた晩だった。その記念の夜に、母は近江鉄道をどこか思わせる玉電に乗りたくなったのかもしれない。まんもるさまと太田きさ様に守られて、なんの苦労もなかった娘時代の心に玉電に揺られながらふと戻りたくなったようにも考えられるのだった。

「今度のお母さんのことは、とんでもないことでした。お母さんによくしていただいて感謝にたえません。どうか、治子さんには元気でいて下さい」

母が死んでまもなく、寮生だった彼から悔みの手紙が届いた。あれからまもなく彼は会社をやめて、郷里に帰った。二年前に見合結婚した彼は、もう一児の父親になっているのだった。

「結婚できなくて、ごめんなさい」

十一年前の夜の玉電の中で、私は母にあやまった。暗い窓の外に目を向けたまま、母はかすかにうなずいた。

これからも、私はずっと御縁がないかもしれない。

「ごめんなさい」

小さな声でつぶやくと、傍らの黒いオーバー・コートの母は、あの時と同じようにうなずいた。

電車は、冬の近江の野をのどかに走っている。どの野も、母にとってなじみ深い草の匂いをひそませているのに違いなかった。十一年前の夜の玉電の中に流れてきた深い溜息のような早春の草の息づかいを、いま間近に私は聞いた。

春の予感

母と私は、夕暮れの成城の裏道をゆっくりと歩いていた。薄闇の中では、戦前からの桜並木の幹がかえってくっきりと浮き上がってくる。それにひきかえ、まだ当分咲きそうにもない固い桜のつぼみは、いっそう小さく姿をひそませてしまっていた。傍らの母も、幼女のように小さく感じられた。昼間一緒に歩いている時に、思わず息をのむことがある母の背中の曲り具合は、ほとんど気にならなかった。ただいたいけな幼女と歩いているというような気がしていた。

母はこの道を歩いていると、ふるさとの近江の愛知川を思い出すといった。別にとりたててどうということはない静かな落ち着いた通りが、夕暮れになると不思議な明るい優しさに包まれる。渋谷の駅から歩いて十分の街中のマンションから成城大学のキャンパスに程近いアパートへ引っ越してきて、九ヵ月が経とうとしていた。前の年の六月に引っ越してきた時は、母の背中の具合はまだあまりよくなかった。その三ヵ月前の雛祭りのころに母は、薄暗い渋谷のマンションの廊下でころんで、背骨を変形させてしまっていた。

こんもりとしたコブのようなものが背中にとびでてしまったのである。それまで、顔に皺が目立つ分姿勢がよく、時として六十代後半の実際の年より若くみえることもあった母は、いっきょに腰曲りのおばあさんになってしまった。自分は皺くちゃの汚いおばあさんだから、なるべく人前に顔をさらしたくない、それで隠遁生活を送りたいのだなどと、半ば自己を滑稽化していっていた母がただひとつ、自信を持っていたのは姿勢のよいことだった。町を歩いていて、自分と同年輩の女性の中にすでに腰が曲っている人をみつけると、

「あら、あの人も腰が曲っている。かわいそうにね」

とささやくのだった。母のその言葉は、日頃娘の私に向って、

「『白雪姫』のお妃になってはいけません。それではいつまでたっても、お嫁にいけないわよ」

とお説教している母にふさわしからぬものに思われた。

「あら、そんなことをいってはいけないわ。誰だって、好きで腰が曲っているわけではないのよ」

と注意すると、母はいとも素直にうなずくのだった。私もそれ以上、責めることはしなかった。誰でも、ひとつぐらい、言動にポカがある。母もその例外ではないのだと思うと、かえってほっとするところがあった。それがあろうことか、背中の真ん中のコブは実に意地悪くふくれ上がって、腰を曲げさせてしまったのである。

「ばちが当ったのよ。姿勢のいいことを自慢していたから、こうなったの」

そう繰り返しいう母に、慰める言葉もなかった。それでも母は、成城に引っ越してきて、思いがけず早くに、近所を歩きまわれるようになれたことを幸せだと思うというのだった。実際、ころんで三ヵ月というもの、母はほとんど寝たきりの状態だったのである。からだを少しでも動かすと、背骨の神経はすさまじく痛むようであった。

ころんだ瞬間、母は息も止まるほどのショックを受けたという。しかし、目の前でそれをみていた私にはそれがわからなかった。母は、私の部屋の入口のドアをつかもうとして手をすべらせると、そのまま廊下にあお向けに倒れてしまったのだった。カエルが着地した時のような姿勢でじっと動かずに声をたてることもなく、大きい目だけをこちらに向けている母をみて、思わず笑ってしまった。ちょっと無様にころんだというふうにしか思えなかったのである。母はその少し前、私が三十を過ぎてまだ御縁がないのは、「白雪姫」のお妃の心を持っていたのがたたったのだといつものお説教をしていた。

「娘のことを、あんまり悪くいうからよ」

私は、「大丈夫なの?」と聞く前に、そういったように思う。

歩くことが何よりも好きだった母がどこにもいけずに、家の中でほとんど寝たきりの状態になった時、私の胸に大人になってから初めて母への優しさが芽生えた。背骨の痛む母は、もう当分私にお説教することもできないのだった。週に一回、私に付き添われてごく近所の外科医院へ行く以外は、ミルク飲み人形のようにものもいわずに寝てばかりいた。たまにだす声は、消えいるように細かった。大きい声でお説教する母にうんざりしていた私は、早く母が起き上がれるようになるといいと思う一方、このままこうしていつまでもおとなしいミルク飲み人形のようでいてほしいとも思うのだった。

「起き上がれるようになったらお引っ越ししましょうね」

私は少女がお人形に話しかけるように、ゆっくりと優しい口調でいった。

三月の小糠雨の降る中を二人で成城にでかけたのは、母が廊下でころぶ前日のことだった。母は朝になっていきなり、

「これから成城学園に家探しにいこう」

といいだした。渋谷の街中のマンションの二階に住むようになって、八年の月日が流れていた。化学会社の独身社員寮の寮母を満六十歳で卒業した母とバトン・タッチして、私は毎朝そのマンションから有楽町の大叔父の事務所に勤めにでかけていた。マンションは、社宅のかたちになっていたのである。二年半後に、NHKの美術番組の司会アシスタントに採用されてからも、NHKからすぐ近いということもあり、そのままかりることになった。家賃は、こちらで支払うということで話はついたのだった。八万四千円の家賃は毎月なんとか払うことができても、引っ越し費用のお金はなかった。三年後に司会アシスタントをおりると、本が二冊まとめて刊行された。

「やっと、引っ越しできるようになったわね。すぐ家探しをはじめましょう」

年ごとにひどくなるマンションの前のバス通りの車の騒音に悩まされていた母はいさんでそういったが、いざとなると私にはこの便利な渋谷の街を去ることに未練があった。

「あなたが外から帰ってきても、玄関になかなかでないのは、車の騒音がうるさくてブザーの音がよく聞こえないからよ。これ以上ここにいたら、私は耳が聞こえなくなってしまう」

母の話は決して大袈裟ではないことがわかりながら、私は黙っていた。それがついにその春に引っ越す気になったのは、母がつねづねいっていたようにこの歓楽地に程近いマンションにいる限り、よい御縁は生まれてこないという気がしてきたからだった。

母が雨の中を成城方面に家探しにいこうといいだした朝、私は少し足がだるかった。何も雨の日にいかなくてもいいのにといおうとして、ふと久しぶりに成城の桜並木を歩いてみたくなった。十年前に一度二分咲きの桜並木を通って、大岡昇平先生のお宅へ母とお伺いしたことがあった。二分咲きの桜は、夢のように美しかった。寮が閉鎖され、母と二人で寮の近所のアパートへ引っ越してまもないころだった。大岡先生の家で、フィンランド人の太宰文学研究家、ポラメリさんと逢った。大岡先生も、茶色の鬚《あごひげ》を生やしたポラメリさんも、大岡先生の背の高い奥さまも、すべてが二分咲きの桜のように美しくあえかに思い出されるのだった。

三月の雨の桜並木は、しんと静まり返っていた。傘をさして母と二人で歩きながら、あの十年前の二分咲き桜を思い出していた。何の仕事のあてもなかった二十四のあの時の虚しさと、三十四の今の虚しさは大きく違っていた。仕事の面では、大きく満たされたといえる。声優になろうとしていた夢もテレビの司会アシスタントをすることで一応叶ったのだった。書く仕事も続けている。叶わないのは、御縁がないというその一点だけであった。桜並木は、雨が降っているにもかかわらずなぜか明るかった。この街に住めば、よいお相手が現れて下さるという気がした。そういう明るい予感がする町だった。

「この町に住めたらねえ」

母と私は、異口同音にいった。

それがその翌日、母は廊下でころんでしまったのである。雨の成城を二人して歩きまわったことは、妙に悲しく思い出されてくるのだった。しかし母は思いがけず、寝床の中ではっきりした声で、

「成城に住みたい」

というのだった。

駅から歩いて五分のところに、小さなアパートがみつかった。母と私が傘をさして歩きまわった通りから十メートル奥にひっこんだところだった。そこからは、車の音が聞こえなかった。山の中のように静かである。ただ、渋谷の3Kのマンションよりも部屋数がひとつ少ないのが気になったが、母はそれでもかまわないといった。引っ越しまでの三ヵ月間、一度も電車にも車にも乗らなかった母は、引っ越し当日のその日、荷物が入り終えたばかりのアパートへ、一

人で電車に乗ってきたのである。成城に引っ越してきて、母の背骨の痛みはみるみるうちに和らいでいった。

「愛知川を思い出す」

母は一緒に歩きながら、しきりとそういうのだった。どこがどう似ているのか、しかとはわからないながらも、私も成城にきて初めて本物の土の匂いをかいだように思われた。渋谷の代々木公園のさらりとした匂いとは違う、もっと濃密な土の匂い。

成城の町を歩きまわる母は、腰の曲り具合がどの程度のものか、自分でははっきりとわかっていないようにも思われた。

「私はあの程度かしら?」

母が道を歩いていて指さす婦人の腰の曲り具合は、大体において母よりかるかった。

「そうよ」

というたびに、胸は痛むのである。母は腰が曲ってからというもの、その顔も一段とおばあさんらしくなってしまっていた。そういう母の傍に私はいつも寄り添って、一緒に道を歩きたかった。

「母親の私が傍にいたら、あなたの御縁もなかなか起こりにくいでしょうね」

という母に、私はきっぱりといった。

「そんなことないわ。それで、御縁が起こらないのだったら、もういいの」

するとは母は、

「私も『太田きさ様』が生きていたころ、そう思ったの。ずっと、太田きさ様のお手伝いさんになろうと考えたのよ。そうしたら太田きさ様は死んじゃった」

と、明るくいうのだった。神奈川県の下曽我に疎開中、母は寝こみがちの太田きさ様のからだを少しでもよくしようと思って、一所懸命おいしい野菜をつくっていた。

「でも、太田きさ様は、さつま芋が食べられなかったでしょう。それがいけなかったのよ。ママは、なんでも食べられるから長生きするわよ」

といいながら、私はふと母は本当に長生きできるだろうかと考えて、呆然とすることがあった。母のからだは、急激に弱ってきているような気がした。

母が化学会社の独身寮の寮母をしている時は、母と意識的に離れて歩くことがあった。一緒に買物袋をぶらさげて寮をでても、かまわずどんどん先を歩いてしまう。そしてしばらくいくと立ち止まって、一人で歩いてくる母の顔をみつめるのだった。母の顔は、幼女のころのままに唇を突きだして、今にも泣きだしそうな顔にみえた。その母を冷静にみることで、サディスティックな快感を味わっていたのである。

「ママって、足が遅いのね」

幼女の泣き顔で近づいてきた母に、わざとそんなことをいってみる。

「あなたは、冷たい娘よ。ゆっくりした足の人間に合わせるのが、思いやりというものよ。若さの残酷さかもしれない。私も太田きさ様と歩いていて、同じことをいったことがある」

そういわれて、はっとしたことがあった。太田きさ様はその時「あなたも年を取れば、私のかなしみがわかります」といったという。

確かに私は、母の歩き方の遅いのにいらついていた。しかし、母の場合は昔からだったのである。

「ママ、ママ、バスがいっちゃう。早く、早くきて」

目黒の小学生時代、倉庫会社の食堂に勤めていた母の一週間おきの日曜の休みの日に二人でバスに乗って渋谷のデパートへいくのが、何よりの楽しみだった。当時、まだ四十代だった母は、渋谷行きのバスが大通りの向うにみえると、娘の私を先に走らせるのだった。私の幼女時代に、生きるか死ぬかのお腹の大手術を受けた母は、退院後もずっと走ることを控えていたのである。

小学生の私がそうやって、バスの手すりに片手をやりながら大声をだしている間は、バスは発車せずにいた。そのころからお腹がではじめていた母は、ゆったりとお腹のあたりを波打たせながら近づいてくる。小学生の私は、いつバスが発車しないかとひやひやする一方で、その母の笑顔に抱きつきたくなるのだった。

それにしても、母はいつごろから歩いている時に眉をしかめ唇を突きだし、あのようなすねた幼女の顔付きをするようになったのだろう。

「まぶしいからよ」

母はそういっていたが、くもり空の下でも母の眉はしかめられたままだった。すねた幼女といえば可愛いが、いかにも頑固そうなおばあさんの顔をして歩いているともいえるのだった。

「これからの世の中がどうなるかを考えながら歩いているのよ。とても笑ってはいられないわ」

朝の散歩の時間、近所の家の植込みのアサガオの葉に白い斑点ができているのをみつけた、あれは排気ガスにやられたのだ、このままいくと、この先人間もどうなるかわからないと歩きながら話しては、すねた幼女の顔をしているのだった。

その顔は、母が幼い日に父親のまんもるさまと、兄のインチョウさんと一緒に写した写真の顔と同じだった。太田医院のある愛知川から近江鉄道に乗って彦根へいき、そこの写真館で撮ったものである。

「インチョウさんは、ロンドン仕立のよい洋服を着ているでしょう。私は女の子だから、当時は一段下にみられていて、まだ洋服を着せてもらえなかった。それですねていたのよ」

と、母はいうのだった。その母を、大きな袋を肩に掛けた大黒さまを思わせる恰幅のよいまんもるさまは、優しく膝の上に抱いている。

幼女のころ、母はインチョウさんから「静子べったり」と呼ばれていた。ひとつのことを考えだすと、たとえ食事の時でもポトリと御飯茶碗を落としてしまう。食卓の上には、御飯が散乱する。そのさまが、いかにもべったりと感じられたらしいというのだった。

「何を考えていたの？」

「どうしようもないことよ。たとえば、雲はどうしてぽっかりとあのように空に浮かんでいるのだろうと思うと、不思議で不思議で仕方がなくて、いろいろと考えているうちについ茶碗を落としてしまう」

あるいは、二歳年上のインチョウさんが近所の子とケンカして太田医院の敷地の中に逃げこんでくると、母は決まってインチョウさんのかわりに玄関の前に立たされたという。幼い母は、着物の袖に手を隠してぼんやりと立っている。すると方々から、石が投げられてくるというのだった。

「どうしてそれが静子べったりなのよ。インチョウさんの哀れな身がわりにすぎないわ」

憤然としていうと、

「そのぼんやりと泣きもせずに石を投げられているところが、インチョウさんにしてみればおかしいというの。いかにも、『静子べったり』の感じがしたと、大きくなってからもいうのよ」

いくら話を聞いても、私はいまひとつ「静子べったり」の意味するところがよくわからなかった。ただ時として機嫌のよい折の母の声は、娘の私が鼻白むほどに甘ったるくなることがあった。それはまぎれもなく「静子べったり」の声だといえた。

むしろ幼女のころの母には、「スネ丸」という言葉がぴったりのように思われた。母は子どもたちから石を投げられている時にただうすぼんやりと立ちつくしていたとは思われないのだった。ぼんやりとしながらも、その眉のしかめかたは、奈良の興福寺の阿修羅像のようであったと思われるのだった。

「太田さんのお母さんは、お高くとまっているのね」

小学生のころ同級生からよくそういわれた。母と歩いていて、同級生とすれ違うたびに私は恥ずかしくなるのだった。母は頭を下げるということがないばかりか、ほかのお母さんのようににっこりとすることもないのである。どうしてよそのお母さんのように愛想よく、

「あら、元気?」

といってくれないのか、不満だった。結局のところ、母は、人がどう思っているかとか人からよく思われたいという気持がまったく欠如していたのだと思う。「静子べったり」の幼女のころのように、決して結論のでないもの思いにふけっていたのかもしれなかった。

十二月のなかば、近江鉄道の愛知川駅のホームをおりると、小柄な駅長さんがすぐ目の前に立っていた。自然に、たった一人おりた私を先導するような恰好になった。

「愛知川には、何か仕事でこられたのですか? 小さななんにもない町ですよ」

ひとなつこい話し方だった。ブルーのダスター・コートに肩からショルダー・バッグをぶら

さげた私の表情は、まだ一周忌がすんで間もない母のふるさとを訪ねてきた娘のものには思われなかったのに違いなかった。愛知川駅のホームにおりた瞬間、自分でも不思議なぐらい心が明るくなっていたのである。

改札口をでたところで、まんもるさまが開業していた太田医院の跡には、右と左、どちらの道をいったらよいものか、わからなくなった。三月に京都から車で愛知川にきたときの記憶をたどってみた。雛祭りの日がすぎてまもなく、私は生まれて初めて愛知川を訪ねたのである。その時の記憶では、駅から太田医院の跡まではあっというまの近さだったような気がするのだった。

駅の左手は、バス停留所になっていた。白いショールのおばあさんに、

「成宮病院は、どちらにいくのでしょうか」

と尋ねた。

太田医院の跡は、今は太田医院とは無関係の総合病院になっているのである。おばあさんは、ショールの先で鼻をおさえたまま、右の方角を指さした。肩からずり落ちそうになっているショルダーを片手で抱きかかえると、アスファルトの上を歩きだした。母の元気だったころの大きな声が、道の前方から聞こえてくる心地がした。

「あなたは、本当にしようがない方角音痴ね。一度きたところを、どうしておぼえられないの」

そういう時、母はなかばあきれながら、なかば嬉しそうだった。

「私についてくれば、間違いはないのよ」

そういって、ひたすらしょんぼりしている私を従えて歩く母の背中は、「はだかの王さま」の行進の後姿のように堂々とみえた。

確かに、母が道を間違えることは滅多にないといってよかった。それにひきかえ、私の「方角音痴」は度を超していた。一人でならちゃんと間違えずにいける道も、母と一緒に歩くと、間違えてしまうことがあった。なぜか、とんでもない正反対の方向に歩いていってしまったりするのである。

「あなたは方角音痴ね」

と母からいわれたくない心の力みが、よけい方向感覚を狂わせるのかもしれなかった。

いつからか母は、娘の道案内を少しも信用しなくなっていた。こちらが、絶対間違いないという揺るぎのない自信を持って歩いている時も、母は必ず人に道をきくのだった。一緒に歩いているはずの母がいないことに気づいて、ふり向くと、母ははるか後方で道をきいているのだった。その光景をみるのは、決して気分がいいものではなかった。

「どうして、道をきいたの？　この道はもうわかりきっているのに」

声を荒げていうと、

「いいじゃないの。あなたは、あてになりませんからね」

母はすました声で答えるのだった。

晩年の母は、すっかり変わっていた。初めての道を歩く時も、人にきくこともなく黙って私の後についてきた。そういう母に、私は限りなく優しくなれるような気がした。

母と三月の夕暮れの桜並木の下を歩きながら、私はいった。

「あのね。今年は何かが起こりそうな気がする。きっと何かが起こるわ」

まだしっかりと固い桜のつぼみが、ふと今にもいちどにほころびそうに感じられてきたのだった。

「私も、そう思う」

母はいった。

その年の雛祭りは、人形をひとつも飾らなかった。わが家のお雛さまは、小学生の時から大事にしていたカール人形やミルク飲み人形であり、葉山に住んでいた幼女時代に鎌倉で母から買ってもらった小さな藤娘であったりした。

葉山の海岸で拾った杉の木片を母が小さく削ってつくった、大小ふたつのこけしは、いつも人形たちの真ん中に置かれていた。頬と唇にほんのりと紅をさした白い顔は、どちらも少し泣いているように思われるのだった。掌の上にそっと乗せてみるだけで、消えてなくなりそうな気配がした。それらは、葉山の海岸を寄り添って歩いた遠い日の母と私のようにも思えた。

そうしたすべての思い出がこめられた人形をひとつも飾る気になれなかったのは、その前年の雛祭りのころ、母はその人形たちのみている前で、ころんで背骨を痛めたからだった。人形の飾られた部屋の隣で母がひっそりと寝ている。それは、なんともうらさびしい雛祭りの情景だった。

人気のないがらんとした愛知川のアスファルトの上を一人で歩いていると、母から聞いた幼いころの雛祭りの話が浮かんできた。

母の五つのころの雛祭りのお話だった。十一歳年上の姉の芳子さんは、肋膜にかかりもう長いこと彦根の女学校を休んでいた。芳子さんのいいなずけでまたいとこの有豊さんはその年の冬のスペイン風邪で死んでしまっていた。有豊さんは三高の学生だった。

その年の雛祭りが近づくと、いつもと同じようにお雛さまが飾られた。ある夕方、母がお座敷の雛壇の前にいくと誰もいなかった。ふいにお内裏さまの顔が、有豊さんのように見えてきた。よくみると、目が違う。有豊さんの目は、大きかった。まんもるさまの筆をもってくると、しっかりと大きくした。芳子さんは、きっとよろこんでくれると思った。一刻も早く芳子さんにみせようと廊下を駆けたところを、家の者にとりおさえられた。太田きさ様から、お雛さまにいたずらをしたことをあやまるようにいわれたが、母は、

「有豊さんにしたのやもん」

といいはってがんばったというのである。その翌年の雛祭りには、もうお雛さまは飾られなかった。芳子さんの病は重くなり、十七歳であの世へいってしまった。

母の百ヵ日は、偶然にも三月三日、雛祭りの日であった。私はその日、桃の一枝を持って母の墓まいりにでかけた。明治大学和泉校舎の並びにあるその墓は、甲州街道に面していた。ごうごうと音をたてて突っ走る車の列を目にすると、私はいつも大きな声でうたをうたって挑戦したくなるのだった。晩年の母が渋谷のマンションで背骨を痛めている時に、さんざん悩まされた騒音である。いつも一人で歩きながらうたううたは、その時の気分まかせの流行歌《はやりうた》が多かった。百ヵ日のその日、自然に口をついてでたのは、小学生の時にならった「うれしいひなまつり」だった。

あかりをつけましょ　ぼんぼりに

お花をあげましょ　桃の花

うたいながら、初めての雛祭りの日に、生後四ヵ月の私を抱きしめた母の写真の顔が大きく浮かんできた。たっぷりとした晴着を着せた私をひしと抱きしめる母の顔は、輝いている。母はあんなにも私が生まれたことを喜んでくれていたのだった。涙がでて、止まらなくなった。母は、どうして死んでしまったのか。

前年の雛祭りには、人形をひとつも飾らなかっただけにかえってよい御縁が生まれるような気もしたのである。そちらは生まれずに、母が死んでしまった。雛祭りのころ今年は何かが起こりそうだという気がしたのは、母と別れることだったのか。正直にいえば、起こらなければこまるという気持があった。だんだん年老いていく母との二人の生活がこれ以上続くことに、ひそかに倦《う》んでもいたのである。その一方で、背骨が曲りすっかりおとなしくなってしまった母にいつまでも付き添っていたいと思った。こんなに早く別れたくなかった。ずっと一緒に歩くつもりであった。母の背中のこんもりとしたコブを、時々かるくポンと叩きながら陽気に歩きたかった。母は生来、明るい人だったのだ。腰の曲ったのも、私が思ったほどには気にしていなかったのかもしれない。いくら勧めても背骨をまっすぐにさせるためのコルセットをしなかったのは、面倒くさいということのほかに、曲ったら曲ったでいいというあきらめが早くからあったからなのかもしれない。母は一度として、背骨が変形したことを愚痴めいて話したことがなかった。娘の私の方が、いつまでもそれにとらわれていたのだった。

「あなたの御縁が生まれるのだったら、私は死んでもいい」

道を歩きながらもよくそういっていた母は、あるいは私が、「今年は何かが起きるような気がする」といった時、ふと自分の死を予感したりはしなかっただろうか。「私もそう思う」という母の声は、妙に小さかった。

愛知川の町は、あくまでもしんとしていた。別にこれといった特色がある家並が続いているわけではないのに、不思議なやすらぎがある。かつては草津から東海道と分れて、北へのびる中仙道の三番目の宿場町として栄えた町である。駅長さんが何もないといったのは、かえってこの町の落着きをあらわしている言葉だったようにも思われた。

「愛知川は、成城の町に似ている」

母の言葉を、思い出した。母は家の近くの裏道を歩きながら、愛知川に帰ったような気持になっていたのだった。ふるさとと同じ土の匂いを持った町との出合いは、ついに四十五年間一度もふるさとに帰らなかった母にとって思いがけないものだったかもしれない。

ふと向うから、目を大きくした有豊さんの内裏雛を手にした幼女の母が芳子さんに手を取られて歩いてくるのがみえた。

秘密

「太田さんには、秘密がないから恋もできない」

ある男性とワイン・パーティで話していていきなりそういわれた。つい先週のことである。

いったい、秘密をひとつも持たない人間がいるだろうか。正直にウソイツワリなく生きたいと願っている私にも、小さな秘密はある。ウソはつきたくない、それなら黙っていようということがあるのである。

いつまでも心の底に、人にはみせたくない小さなシミとしてのこっていたことがあった。そのシミを、ある日、母にだけはみせた。そのことで、シミはみえなくなったようにみえたが、やはりうっすらとした跡はのこっているのだった。

私には一人の男性をその気にさせて、いよいよのところで逃げだしたという過去があった。

「私は、本当に好きなお相手とでなければ、こんなことできないの。もうお別れよ」

十一年前、妻子ある男性と夏の夜道を歩いていていきなり抱きすくめられた。その時、二十四の私はそういったのである。なんと残酷な、なんと虫のいい言い種《ぐさ》であったかと、今にして思う。そういうことが起こるのではないかとなかば予期しながら歩いていたのだった。もし起こったらこまると思いながら、起こるように仕向けていったのは私の方だった。彼がその気になっても仕方のないと思われる言葉を、その直前にいっていた。

あるいは私が男だったら、そんな身勝手な小娘に平手打ちを食わしていたかもしれない。二十四の娘の心のどこかに、それを望む気持もひそんでいたように思う。

実際の彼はすぐに腕をはなした。それから小さい声で、

「家まで送っていく」

といったのである。私ははじかれたようにその場に立ち止まった。

「いいの、私がお送りするわ」

そういうと、今きた下高井戸の駅に向って勝手に歩きだした。

当時私は、京王線の下高井戸の駅から歩いて七分のところにある化学会社の独身社員寮に寮母の母と住んでいた。寮母の母の手伝いをしながら細々と原稿を書いているところへ、未知の彼から手紙がきた。一月のことだった。

冬の晴れた日曜の朝、初めて駅前の喫茶店であった。たまたまその日、彼がこの近くに用事があったのである。まだ開店したての喫茶店のドアをあけると、奥のソファに、ベージュのジャンパーの体格のよい男性が一人、ぽつんと坐っているのがみえた。

「感じのいい人だわ」

とすぐに思った。彼は私に気がついても、別に立ち上がったりしなかった。こちらも、改まった挨拶を忘れてしまっていた。ひどくなつかしい男《ひと》が、こんなところにいたという気がした。

「あなたの『生いたちの記』、よみました、面白かった」

大学一年の冬、高校時代に書いた「生いたちの記」が一冊の本となった。それで、大学生活を続けられたのだった。

「あれから、どうして書かないのですか。小説を書いて下さい」

温かい声が胸にしみた。

話がとぎれると、彼は独身なのかどうか急に気になりだした。静かな落ち着いた雰囲気は、もう結婚しているのではないかと思わせるものがあった。

「あの、朝食はもう?」

朝食をちゃんと食べてきたのであれば、家庭のある証拠に思われた。

「そう、小さい子が日曜日でも早く起こす」

思わずその時、私は涙ぐんでしまったのである。この男性とは決して結婚できないということとが悲しかった。

二十四になった私は、突然結婚にあせり始めていた。「二十五歳は、お肌の曲り角」というテレビの化粧品のコマーシャルが、胸にこたえた。毎朝、手鏡を窓辺にかざして、目尻に小皺ができていないかどうか、念入りに調べるようになっていた。中学時代にニキビで悩まされた脂性の肌には幸い、まだそれらしきものはできていなかった。一応安心するものの、今度は二十五になったら、突然できるのではないかという不安にかられるのだった。なんとか、二十五になるまでに結婚したいと思った。

涙ぐんでしまってから、ふいに私は投げやりな気持になった。まるで蓮っ葉女のように、

「あら、お幸せなのね」

といってしまった。彼はただ黙って、私の顔をみつめていた。

「お子さんは、何人いらっしゃいますの?」

急に恥ずかしくなり、あわててきいた。

「女の子が一人」

「まあ」

私は絶句した。

父を知らずに育ったせいか、大人になってからも父親と小さい女の子が手をつないで歩いているのをみるといいようもなく羨ましかった。父と娘の絆の前では、母と娘の絆はいかにも気やすいもののように思われてくるのだった。

ある家の応接間で、その家の御主人と話していたことがあった。いつのまにか、小さい女の子が父親の膝の上に乗って、絵本をよみ始めた。実に気むずかしい顔をしている。私が話しかけても、決して答えようとしなかった。

少女は明らかに、同性の私にライバル意識を持っていたのだった。彼女の父親に、私はほのかな好意を寄せていた。それを、娘の彼女は敏感に感じ取ったのだと思う。女の子のいる家庭の男性を、たとえ妄想の中にせよ恋人にはできないと、いつからか私は考えるようになっていた。それでいて実際にあこがれる男性は、女の子の父親である場合が多かった。

「優しいパパを持ったお嬢さんは幸せですね」

つとめて冷静にいったつもりだった。

「さあ、どうかな。僕は、早死するのではないかと思う」

思いがけない言葉だった。本当に早死してしまうような気弱な目をしていると、その時思った。

「父も祖父も、同じ病気で早死した」

通叔父の顔が浮かんだ。満三歳十ヵ月から小学校入学直前までの三年間、私は大病まもない母と、葉山の通叔父の家で居候生活を送っていた。

通叔父は、笑っている時でも目許がどこか気弱げだった。母と私が葉山の家をでる時、叔父は風邪をひいて寝ていた。その時のさびしそうな横顔が、浮かんだのである。それから半年後、叔父は病死した。

「そんなこと、おっしゃらないで。がんばって下さい」

そういってまた、涙ぐんでしまった。

店の外にでると、冬の澄明な風が火照った頰に快かった。

「また、あえますね」

というと、彼は笑った。爽やかな笑顔だと思った。前髪が風に揺れて、彼の額を覆った。まぶしそうな顔が、子供のようにみえた。

いつのまにか、小説を書く約束はほごになっていた。彼と出逢ってまもなく文芸誌に発表した第一作が黙殺されたことにより、私は書く気を失ってしまったのである。つき合いだした最初のうちは、せっかくの好意に応えられそうもないという後めたさがあった。そのことがつい、いわなくてもいい踊った言葉を口にすることにつながっていたところもあった。

駅に向って歩きながらも、先程の抱きすくめられた衝撃はおさまらなかった。いきなりあのようなことをされたのは、もの心ついてから初めてといってよかった。

「失礼だわ、甘くみられたのだわ」

ただ抱きすくめられただけで、もうすっかり自堕落な女になってしまったように思われるのだった。

彼が独身だったら、このような気持にはならないのに違いなかった。妻子持ちであることが付き合っていてもスリリングであり、彼の魅力を倍加させていたのに、今はただうらめしかった。こうなるかもしれないという危機をどこかで待ち受ける気持があった一方では、決して彼はそんなことをしないという叔父にたいするような信頼感ももっていたのである。何か、裏切られた思いがした。

「ねえ、ちゃんと家には奥さまがいるのにどうしてあんなことをしたの?」

少しなじるようにいったつもりが、甘えた口調になった。返事はなかった。

「もうお別れよ。あなたは、してはいけないことをしたの」

妻子のある男性が他の女性を思わず抱きすくめるのがそんなにいけないことなのか、よくわからないままにいったのである。

実のところ、その晩の夕食の約束を電話でした時に、もうあうのはこれきりにしようと密かに考えていたのだった。いよいよ危機が迫っているという感じがした。二週間前、新宿の小ホールで一緒に新劇の芝居をみた帰りに、小さな焼き鳥屋へ入った。彼はビールを飲みながら、ほとんど何もしゃべらなかった。私は沈黙がくるしくなり、ついいってしまった。

「このままいくと、私、六十歳の処女になるかもしれない」

恋人のいない二十四歳の娘でいることを、むなしく思っていたのは本当だった。いくら少女のように自分のことを思っていても、実は生身の大人の女の肉体をしているという事実にたまらなく逃げだしたくなることがあった。たとえば、電車に乗っている時に、向いの中年紳士がじっとこちらの胸もとをみつめていることに気づくことがあった。私はすぐに電車を降りたくなる。その中年紳士が嫌なのではなく、みられている自分の肉体から逃げだしたかった。それは、一日も早く、この世でたった一人の私のロミオの腕の中にとびこみたいという気持につながっていた。寝る前に、胸の前で固く両手を合わせてみることがあった。そうやって、まだみぬロミオの熱き抱擁を思い浮かべるのだった。

「それじゃ、俺の手で女になるか」

低い落ち着いた声が返ってきた。私は言葉を失った。彼は、本気なのだと思った。妻子ある彼が私のロミオになったら、もう一生結婚できなくなってしまうように思われた。

「でも、こわい」

やっと小さな声でそういった。

彼との別れを考えることは、一触即発の危機をはらみながら付き合っているよりもさらに危げな快感があった。相手をその気にさせておいて、いよいよのところで突きはなすのが本当の悪女なのだと、さる男性評論家が書いているのを読んだ。するとここで逃げだせたら、私は悪女になれるはずであった。

悪女になりたいと思った。確かに最初に彼にあった時、今まで他の男性に感じたことのなかったある親しみを感じた。いつか彼の胸にすがってみたいと、歌謡曲の詞のような甘い思いにとりつかれることがあった。彼のひろやかな背中も好きだった。その背中に、小さい女の子が父親によくするように抱きついてみたかった。残念ながら、独身男性にはそういう気持を抱けずにいたのである。しかし、それ以上のことをしたいという考えはなかった。妻子ある彼に向って、自分でも信じられないようなきわどいことをいってみるだけで満足していた。それがいつのまにか、初めてあった日の涙のことは忘れてしまった。年上の彼を、なぶる快感に浸っていたのである。本当に好きな男性だとは、その時決して考えていなかった。彼とつき合い始めてから、私は一層結婚したいと考えるようになっていた。

危機一髪のところで別れの言葉を口にできたのは、われながらよくやったともいえるのだった。ほとんど筋書通りであった。それなら、悪女の私の心はもっとはれやかになっていいはずだった。ところが彼と駅に向って歩きだした小悪女の胸には、奇妙なおののきと興奮が渦巻いていた。「お別れします」と上ずった声で、しつこく何度も繰り返した。

「別れるのは簡単だ」

彼はいつもの落ち着いた声でいった。そこでまた、はじかれたような気持になった。そんなかるい関係だったのかと思った。本当は、「別れたくない」といってほしかったのだ。くどく別れの言葉をいい続けながら、正直なところずっと彼の傍にいたかった。手さえも握らなかったそれまでとは明らかに違う感情が芽生えていた。いつのまにか、駅の前まできていた。

「ではまた」

と彼はいった。いつもの別れの挨拶だった。

「では、または、もうないの。本当にお別れなのよ」

そういいながら、彼の後から改札口を入った。どこまでも、彼についていこうと思った。

夜のホームで、彼と向い合った。彼は最初にあった時のような気弱げな微笑を浮かべていた。あってからちょうど、半年がたったのだとふいに思った。ホームに吹く夏の夜風は、妙に生ぬるかった。電車がきた。彼は迷惑なのだということがわかりながら、一緒に乗りこんだ。ドアが閉まった。いったい自分は何をしているのだろうと考えて、ふと笑いたくなった。

二人の姿が、ドアのガラスに映っていた。よく似た空《うつ》けた顔をしていると思った。

「もう一度、送っていく」

彼の声が、どこか遠くから聞こえてきた。小さい娘のようにうなずきたいのを、こらえていった。

「いいの。奥さまのところに帰るのでしょう?」

いってしまって、みじめになった。

「いやだな」

小さくつぶやくと、彼の長い指先が私の背中にまわった。その温かな指先の感触に動揺した。家に帰ると、寮母の勤めを終えた母はすでに眠っていた。母には、今夜は原稿の打ち合せがあると嘘をいってでかけたのである。その晩から私のくるしみは始まった。

「太田さんは、お母さんになんでもしゃべってきた。それでは男性は近づかなかったはずだ」

秘密がないから恋もできないといった相手は、自信ありげに、そういった。なんでもしゃべるという言葉に、私はこだわった。しゃべれないからこそ、くるしんだりもした。

「私は、なんでもしゃべっちゃう女ではありません。母に対してだって秘密はありました」

少しばかりむきになっていった。

私のくるしみの中には、彼にもう一度抱きすくめられたいという願望がふくまれていた。それはもはや決して考えてはいけないはずのものだった。逃げたのは、私なのである。決して引き返すまいと思い決めた上でも、その思いは消せずにいた。それが一番のくるしみだったのである。

最後の晩、新宿のレストランで夕食を共にした。その時一度同伴喫茶にいってみようかという話がでた。あまり深くは考えなかった。どうせこれで別れるのだから、少しくらいはめを外してもよいとも思ったのである。

狭いビルのエレベーターを地下におりると、小さな入口があった。そこから真紅のカーペットと、白い椅子のカバーがちらりとみえた。思ったほど、淫靡な感じはしなかった。眼鏡をかけた化粧っ気のない女性が、

「今日は、もうおしまいです」

と授業の終りを告げる小学校の先生のようにいった。

もしあの時、中に入っていたら、どのようなことになっていたのだろう。自分も入ろうといったことを忘れて、彼だけがひどくいやらしい男性だったように思い出されてくるのだった。

同伴喫茶のあるビルをでてから、しばらく歩いて、今度はいかにも品のよい喫茶店に入った。シャンデリアの下の白い大理石のテーブルに向い合って坐ると、本物の恋人同士のように思われてきた。銀のコーヒー・カップに注がれたコーヒーを飲みながら、話がなくて困ってしまった。元来、彼は無口な方だった。

「私、十年後にはどうなっているかしら?」

こういう妻子ある男性との危険なつき合い方は、もうこれきりにしようと思いながらいった。

「きっと品のいい奥さんになっていると思う」

その言葉が素直にうれしかった。

「私、はたちのころから、結婚したい、結婚したいといい続けてきたのよ。でも結婚できないの。逆に結婚なんかしないといっていた子は、結婚したわ」

「僕達の仲間でもそうだな。結婚しないといっていた連中は、結婚した」

「ねえ、どうして結婚したの？」

「性欲のため」

あまりにもストレートな言葉にうつむいた。

「今だって、何人もの女とベッド・インしたいけれど、それをしないのは、断わられるのが恥ずかしいからだ」

私は断わらないとでも思っているのかしらと考えると、妙にうらぶれた気持になった。いいわ、どうせ今日限りこちらからさようならするのだからと、気を持ち直した。

「もし、子供が生まれなかったら、もっといい加減になっていたと思う」

この言葉も痛かった。彼が小さいお嬢さんを連れて歩いている光景が浮かんだ。今宵限り、あうのはやめようと考えたことは、その面からも正解だと思った。

下高井戸の駅に着いてから、彼は再び無言になった。それがこわかった。危機を乗り切れないような気がした。私は歩きながら、夢中で話しかけた。

「歌うたいになる気はなくて？　いい声をしているわ。ギターを持って世界中をまわるの」

そういいながら、世界中を放浪している二人の後姿が浮かんでくるのだった。

「もう年を取っている」

「大丈夫。大人の女を相手にするのよ。私、サクラになるわ」

「花束を持ってね」

「そうじゃない、抱きつくの」

その一言で、彼はいきなり立ち止まったのである。

翌朝、彼から電話がかかってきた。その声は、暗い湖の底からのように沈んで感じられた。

「また、あいましょう」

私はそれには答えずに、

「昨夜は、ごめんなさい」

とだけいった。彼をいやらしいと思う一方で、本当に申し訳ないことをしたとも思うのだった。その気にさせたことがいけなかった。

数日後の朝、いつものように手鏡の中の顔をみつめると、右の目尻に今までなかった一本の細い皺ができているのに気がついた。あんなことをした罰だと思った。

夜寝床の中で、以前よりもつよく両手で自分の胸を抱きしめるようになった。そうやって、あの晩のことを思い出していた。いっそのこと、暗い湖の底に一緒に沈みたいとも思ったりした。それができないならば、せめてもう一度、彼の温かな指先を背中に感じたかった。しかし、それですまされないのは、あの深く沈んだ電話の声からもわかるのだった。

「あれから、僕は風邪をひいて寝こみました。夏風邪は初めてです」

それだけが書かれたヨーロッパの教会の絵葉書が舞いこんだのは、一ヵ月後だった。じっと静かに横になっている彼の横顔が浮かんだ。彼にあいたいと、思った。

夏祭りが近づいていた。彼と何度かあった喫茶店にも、祭りの提燈が飾られた。母と買物の帰りにその前を通りながら、彼のことを思っていた。山車《だし》の太鼓の音が、すぐ間近に聞こえてきた。駅前からひとつ入った路地は、人でいっぱいだった。母と私は、買物袋を抱えながら前に進もうとした。

「迷子になるといけないわ」

いきなり母が私の手をつよく握った。私は戸惑った。久しく母と手をつないだことはなかった。それにいくら人ごみの中とはいえ、二十四にもなった娘が迷子になる心配はないのだった。母は私の手を握ったまま、前を歩きだした。思わず胸がつまった。母は、私が今だれのことを考えて歩いていたのか、わかったのだと思った。彼とのことは何もかも、見抜いていたのかもしれなかった。この母を、裏切れないと思った。私はうつむいたまま、幼女のように母に手をひかれていた。

それなりの秘密があったという私に、ワイン・グラス片手の相手は続けていった。

「太田さんは、妻子ある人が好きだった、という。それならどうしてその相手ともっと突き進まなかったのか」

私は結婚を考えていたのだった。彼を本当に好きだったら、妻子がいてもそのまま突き進んでいたかもしれなかった。私の場合、本当に好きだということは、人間として尊敬できるかどうかにかかっていた。彼を私は尊敬していなかったから、なぶったのだともいえた。それでは尊敬さえあれば、いいのだろうかと考えると、わからないのだった。

「あなたの秘密は、私がしっかりとあずかりました」

祭りの夜に、母がいった。

私はその時、母を父親のようにたのもしく感じながら泣いた。

「もし私があなただったら、そんないよいよのところで逃げだしたりはしません。男性がかわいそうです」

彼を弁護しているのも、かえってうれしかった。

「一緒に世界を放浪したいと思った」

ぽつんというと、母は怒りだした。

「あなたは、そんなに自信があったの？　のこされた奥さまやお嬢さんはどうなるの？」

「ママだって、妻子あるひととの間に私を生んだでしょう？」

「それとこれとは違います」

母は、続けていった。

「あなたには、私のような生き方ができるつよさがないと思うの。よい結婚をして、よいお母さんになるのが一番いいのよ」

その時の母の話を思い出しながら、私はボージョレーを飲んでいる男性にいった。

「私はお母さんになりたかった。それには、おいそれとあのようなことはできないと思いました」

「それでわかった」

相手は初めてうなずいた。

下高井戸駅前の喫茶店には、あれからも時々入った。彼が最初に坐っていた席をみると、彼をとても近く感じられるのだった。日がたつにつれて、私は彼を本当に好きだったのだという気がしてきていた。なぶったのも、好きだったからだと思った。彼からは時々電話がかかったが、あいにいかなかった。しっかりしている自信が、こちらにないのだった。それだけに、あいたかった。

小さい女の子と歩いている父親をみると、すぐに目をそらした。私に電話をかけてくる声は沈んでいても、家ではにこやかな優しいおとうさんのように思われた。それを思うと、くるしくなった。

若い母親が乳母車をひく光景をみても、胸がつまった。一度もあったことのない彼の奥さまのことが思われるのだった。

その年が明けてまもなく、寮が閉鎖と決まり、三ヵ月後には母と私は渋谷のマンションの住人となっていた。寮母を定年退職した母に代わって、私はそこから毎朝有楽町の大叔父の事務所に通うようになった。あえて彼には、転居通知の葉書をださなかった。

それが引っ越して一週間後には、電話がかかってきた。今、渋谷の駅前の喫茶店にいるという。私は母の顔をみた。

「いきなさい」

というように母は大きくうなずいた。私は家をとびだした。彼と別れてから、ちょうど一年がたっていた。

彼は少しも変わっていなかった。最初にあった時のように、奥の席にひそやかに坐っていた。

「ずっと思っていた」

彼はいった。「私もです」心の中で叫びながら、うつむいていた。いってはいけないことだと思った。

朝の通勤電車の吊り革につかまりながら、いつも彼のことを思っていた。電車のガラスにふいに彼の顔が浮かぶのだった。疲れたようなかなしい顔であった。

おつかいで銀座の交差点に立っている時も、彼の顔が浮かんだ。向いの舗道に、気弱げな微笑を浮かべた彼が立っているのだった。

一方、感じのいい男性と喫茶店で向い合うと、それだけで涙ぐんでしまうようになった。彼との最初の出逢いが思い出されるのだった。これでは、新しく男性を好きになることは到底無理だと思った。

突然、私は声を上げて泣きだした。涙はとめどもなく流れてきた。目の前の男性を、私はとても好きなのだった。もうこのような男性に、あえないかもしれなかった。しかし、彼には妻子がある。世の中で一番不幸な女のように思われた。窓の外は、夕立のようだった。雨と一緒に私も泣き続けた。

「でようか」

泣きやむと、彼がいった。私はぼんやりと立ち上がった。雨も小降りになったようだった。外にでると、月が笑っていた。満月だった。雨は、最初から降っていなかった。

家では、母が行李から夏物のワンピースを取り出していた。私の小学校時代から母が着続けている青い波模様のワンピースである。

「そのワンピース、いつまでもきれいね」

母に泣いたのを見破られたくなくて、わざと明るくいった。

「どうだった？」

と聞かれて、

「元気そうだった」

とだけ答えた。

「今晩、電話がかかってきた時、とてもあいたそうな顔をしているあなたをみて、あわれになった」

母はつぶやくようにいった。

私があの晩、大声を上げて泣いてきたことに母は結局、気づかなかったようである。

「あなたは冷たい子よ。男性の前で、一度も泣いたことがないような女は、恋もできません」

晩年になっても、よくそんな説教をするのだった。私もあの晩泣いたことを、黙っていた。照れくさかった。それも秘密だったといえなくはないのである。あるいは母も、娘にはいえないそんなささやかな秘密を持って空の上にいったのかもしれない。母の秘密は、なんだったのだろう。そっと知りたい気がする。

ワイン・パーティの数日後、私は小田急線の新宿駅のホームにおりた。ベージュのコーデュロイの背広の後姿が、すぐ目の前にあった。ひろやかなその背中は、彼に間違いなかった。なつかしい彼の背中をみつめながら、一段一段、階段を上がった。

首筋を覆った心もち長めの髪は昔のままだったが、以前よりもきちんと整っているように思われた。

「すっかりおしゃれになっちゃって、幸せなんだな」

心の中でつぶやきながら、それがうれしかった。

いつ声をかけようかと考えた。つい昨年までは、このような場合も決して声をかけられなかった。もう暗い気持はないのに、どこかこわいという思いがのこっていた。それが今はもう大丈夫だという気がした。彼は、この十年の間に一番なつかしい男性になっていた。改札口のところで、私は彼に駆け寄った。彼のびっくりする顔がみたかった。

「こんにちは」

目を丸くしたその顔は、彼ではなかった。正面からみる顔も驚くほど似ていたが、あまりにも若過ぎた。まだ二十代前半のように思われた。

「ごめんなさい」

そういうと私は、甲州街道への出口に向って駆けだした。

「駄目じゃないの」と自分の胸にいいきかせながら、口許の笑みは消えなかった。若い元気な男性を、彼に間違えたことが、なんともいえずおかしかった。

指輪

母も私も、歩くことが好きだった。ふと知らない町にでると、店をのぞきこんだり、看板をながめたりして、方角さえ忘れることがあった。ある早春の午後、母は、小さな時計屋のショウ・ウィンドウの中を熱心にのぞきこんでいた。玉電の線路沿いの道から一筋奥に入った人気のない通りである。

「この指輪、あなたに買ってあげましょう」

母がいった。

母のみているのは、眼ざまし時計や腕時計の間にたったひとつだけ、場違いのように飾られたオパールの指輪だった。大人の女の爪のようにもみえるそれは、ぼんやりとくすんだ輝きを放っていた。どこか眠ったようなひっそりとしたこの通りに、ふさわしい光だともいえた。二月下旬の灰色の空は、ゆっくりと暮れようとしていた。

母と私は、初めてこの通りを歩いたのだった。税務署で、前の年の申告をすませた帰りである。ショウ・ウィンドウの中に無造作に並べられた眼ざまし時計や腕時計は、どれも時代遅れの質流れ品の感じがした。オパールの指輪も、やはりそのように感じられるのだった。そもそも、この店自体、開《あ》いているのか閉まっているのか、わからない感じがあった。中をのぞいても、人の気配がまったくしない。「開店休業」という言葉が、ぴったりなのだった。

「これを、あなたに買うわ」

母は、本気なのだった。どうして、このいかにもうらぶれた「開店休業」の店で指輪を買わなくてはいけないのか。たとえ買わなくても、母がそういいだしただけでいいようもないわびしい気持に落ちこんでしまった。

大人になってから、私は一度として母に指輪を買ってもらいたいと思ったことはなかった。

「どうせなら、デパートかどこかで、ぱりっとしたものを買ってほしいわ」

私は少しつんけんとした声でいった。それから八ヵ月後に母が肝臓病で死ぬようになるとは、思ってもみなかった。

お母さまと
デパート　紙さくら咲いて　指輪えらぶ傍に　母がいてくれる

昭和九年刊行の母の処女歌集『衣裳の冬』に収録されたこの口語短歌を好きだというと、母はいつもうつむくのだった。

指輪を買うときの娘の心理がよくわかるのである。美しい指、ウソッパチの紙の桜、すべてにわびしさを感じながらそれでも買いたいと願うとき、傍らに母がいることがひとしお心強く感じられるのである。

鏡　母が現れては消える　薔薇《ばら》色の帯　結び切れない

どちらも母娘の情景がほのぼのと伝わってくると、いっぱしの評論家気取りでいっても、母は何もいわなかった。照れくさかったのかもしれない。

娘時代の母が、京都に本部のある『新短歌』の会員になったのは、東京の実践女子専門学校を中退して郷里に戻ってから二、三年後のことだったと思われる。旧来の三十一《みそひと》文字にこだわらず、日常の話し言葉で短歌をつくるという集まりがあることを最初に母に教えたのは、兄のインチョウさんだった。それが母の処女歌集がでるころには、インチョウさんはすっかりつくるのをやめてしまっていた。当時の新短歌運動は、絵画のモダニズム運動ともつながっていきおい、母の詩にもシュールリアリズムの手法が取りいれられていたりする。

ふゆそら
冬空　冬空　死人は胸をはだけている　この野っ原に花咲かせたい

海について
海のなかへ月がかくれて　砂丘には　ゆうべの妬みがさめている

落日
落日が磯で眩暈する　松にかくれて　女は胎児を産み落す

「ママって、ずいぶんとキザな詩をつくっていたのね」

というと、母は今度は急に雄弁になって話しだすのだった。

「そうよ。自分でもよくわけがわからなくてつくっていたの。不思議なものね。そういう詩の方が評判がよかったの。今は、とてもつくれないわ。どんなに下手くそでも、実感のあるうたをつくりたい」

六十を過ぎて、母は娘時代からずっと遠ざかっていた新短歌をおよそ四十年ぶりにつくりだすようになったのである。心のつぶやきを、短歌というよりそのまま短い詩にしたいと思うといった。

石だけにして持っているちいさいサファイア母の匂いが残っている

夢にみた湖のスターサファイアをこの母はわが娘に贈りたい

確かに決して上手とはいえない詩だったが、実感はこもっているのだった。

母は娘時代からのあらゆる指輪を、全部なくしてしまっていた。のこっているのは、太田きさ様の形見のサファイアと、十七歳で早死した姉の芳子さんの形見の小さなアズキ大のアメジストの石だけだった。小学生のころ、倉庫会社の炊事婦をしていた母の帰りを待ちながら、私はそのふたつの石が一緒に入った色あせたばら色のビロードの宝石箱をそっとあけることがあった。箱の内部は、白いふかふかのビロードである。柔らかなふとんに包まれて、ふたつの小さな石が眠っている。この世であったことのない太田きさ様と芳子さんがほのかに笑っているようにも思われるのだった。いつからか、子供心にあのふたつの石を自分のお金で指輪にしたいと思うようになっていた。

「琵琶湖の湖のように青いスター・サファイアの夢をみたのよ。それは美しく、清らかに輝いていたの」

朝御飯のときにそういう母の瞳は輝いていた。今思えば、母の夢の中のスター・サファイアは、太田きさ様の形見のサファイアが大きくなったものかもしれなかった。私の結婚が決まったら、あのサファイアの石を指輪にして贈ろうと考えていたように思われるのだった。

その母が実際には、あの妙にうらぶれた見も知らない店でオパールの指輪を買おうとしたのだと思うと、つい考えこんでしまう。オパールの指輪をいらないといったのは、それを買えば何かかなしいことが起こるような気がしたということもあった。買ってはいけないと思ったのである。しかし、こうやって母に死なれてみると、もしかしたら反対に、あのオパールのくすんだ輝きが、母と私のほのかな幸せをはこぼうとしていたとも思われてくるのだった。

あのとき、母は娘の私に指輪を買うことで、心が明るくなりたかったのかもしれなかった。

私のひとつの結婚の話がこわれた後だった。

「ママがいけないのよ。私にしつこく結婚をするようにいったでしょう」

「なにをいうの。私がまんまと裏切られたのよ。お相手もあなたも、もう少し真剣に結婚を考えているのかと思っていた」

そういいあった後で、二人とも同じくらいに虚ろな気持になるのだった。

その相手とは、性格が合わないのではないかという思いが最初にあったときからした。それをあえて考えないようにしていたのは、この結婚の話がご破算になるのがこわかったからだった。いつのまにか、三十四歳になろうとしていた。私もあせっていたが、母のあせりは大変な

いつまでも一人でいては治子！　お産が重い気がかりはそれだけ
ものだった。

そんな新短歌もつくっていた。

国立大学出の一流企業勤務の相手は、世間の目からみればまずまずのエリートといえたのである。身だしなみもよく、話もうまかった。ただ何度かデートを重ねても、手すら握り合うことはなかった。それでいて、結婚話は日が経つにつれて具体化してきていた。電話で話していると、母が隣の部屋から紙切れを持ってとんできた。そこには鉛筆の走り書きで、

「イエスかノーか、どっちなの。はっきりさせなさい」

と書かれているのだった。紙切れに目をやりながら、私の声はふるえてくる。

「あの、これからのことをどうお考えになっていますか？」

しばらくの沈黙の後、相手はいった。

「それでは、そろそろはっきりさせますか。太田さん、こちらにきても本当に大丈夫なのですか？」

そんなどことなくまわりくどい冷たいいい方にも、当時の私は有頂天になっていたのである。

それからが、いけなかった。最初にあったときに、

「結婚式は、二人だけでひそやかにやりたい」

といって感動させた相手は、クリスチャンでもないのに都心の名の知れた教会に百人は呼びたいなどといいだしたのである。しかも、私がかつて仕事でお世話になった有名人の名前を次々とあげるに及んで、これは駄目だと思った。彼は心よりも、かたちにとらわれる男《ひと》なのだった。

初めてホテルのロビーで待ち合せした後、彼は真っ先にある有名なブティックへ入っていった。そこには、凝った彫金の指輪がいくつか置かれていた。彼はそれを、指にはめてみせるのである。もうあった瞬間から私との結婚を考えたのかと頰を赤らめていると、そうではなかった。

「指輪が、好きなんですよ。しかし、こんなのをして会社にいったら、上司に目をむかれるな」

遠回しに、一日も早く結婚指輪をしたいといっているのかとまたしてもおめでたく考える一方で、妙な気がした。指輪というと、私にはどうも女のものとしか思えない気持が抜きがたくあった。

　あるとき

　背を曲げて　肌着をぬぐ　化粧鏡は　まだ指輪をしらない

娘時代の母の新短歌からも、指輪は女の心を微妙に映しだす鏡の役割をはたしていることがわかるのだった。

「どうですか。結婚指輪をつくりますか？」

その相手から電話でそういわれた時、私は即座に、

「つくります」

と答えた。指輪には興味はなくても、結婚指輪はやはりほしいと思うのだった。

「それでは、ひとつ、どんな石がいいか、考えておいて下さい」

結婚式の打ち合せをする段階になって、彼は初めて母にあったのだった。わが家のアパートの入口に立った彼をひと目みて、悪い予感が走った。なぜか浮かない表情をしていた。

「社宅の横には、ドブの溝があります。週に一回、順番にドブ掃除をやっていただくことになります」

そんな結婚後の生活を、まことしやかにいいながら、彼は一度として笑わなかった。母も同じだった。何かというと、すぐ台所に立って、なるべく彼の顔をみないようにしているという感じがあった。

たまに彼と向き合うと、彼の目をしっかりとみつめて怒っているようにみえた。部屋全体に気まずい雰囲気が流れた。

「彼はあなたを、そんなに好きではないのだわ。結婚を決めた女のいる家へきた顔ではなかった」

彼が帰ってからの母の言葉に、声を荒げて反撥しながら、実のところ、その通りだと思って

いた。結婚が決まっているのに、女のこちらからも握手ひとつできずにいた。彼の心の中に、どこかはかりしれない冷え冷えしたものを感じるからだった。

「この話、やめちゃおう」

翌日、近所の桜並木を歩きながら母がいった。

「うん、そうする」

すぐにいうと、二人して声を上げて笑った。二人のかわいた笑い声が、まだ十分に枯れきらないまま梢の上で年を越した桜の葉を揺らした、と思った。

ひとしきり笑った後に、いきなり暗い谷底に突き落とされたような衝撃がのこった。母も同じ思いがしたらしかった。二人そろって声もなく家に戻ってきてからもしばらくの間、沈黙の時が流れた。

「あなたがわるかった」

と、気がつくと、お互いに罪のなすり合いを始めていたのである。

税務署の帰りに、母がオパールの指輪を買いたいといいだしたのは、お互いののしり合いにほとほと疲れて、母も私も呆けたように急におとなしくなった直後だった。

「それにしても、どうしてあの話をこわそうと決めたとき、道を歩きながらあんなに笑ったのかしら。その自分の心が、悪魔の心のように恐ろしい気がする」

先程はいらないとはっきりいったオパールの指輪にある未練を感じながら玉電に揺られていると、傍らの吊り革の母がつぶやくようにいった。

「私が結婚、結婚と、無理にすすめたのがいけなかった」

母は、初めてそういった。

笑ったことへのおののきは、私の方がつよくて当然だともいえた。母ははっきりと、

「私があなただったら、最初から彼に結婚の幻想は抱かなかったわ」

といったのである。私はこれは駄目だとわかりつつ、どたん場までその幻想を捨てきれなかった。何度も電話をしているうちに、彼を本当に愛しく思うような錯覚に陥ってもいたのである。

被害者は、明らかに相手の方だった。積極的に女の方から結婚を望みながら、日取りの決まった段階でキャンセルしたことはいくら責められても仕方がなかった。

「彼の瞳から、ついにあたたかさを感じられませんでした」

といってみたところで、

「それなら、どうして彼とあんなに結婚したがったのか」

と世の常識ある大人から切り返されれば、しかと答える返事は持ち合わせていないのだった。

きわめて普通のサラリーマンに思える彼と、私は結婚をしたかった。その一方であるいは彼は結婚後まもなく会社をやめるようになるのではないかと考えることがあった。何か、人にはいえない悩みを持った男《ひと》のようにも思われるのだった。子供を生みたいと心密《ひそ》かに思い、母も早

くおばあさんになることを望んでいるのに、彼との間に子供をつくることは、どうしても考え浮かばないのだった。さしていがみあうこともないまま離婚になるような予感があった。彼との結婚の幻想はそういった暗さを秘めていただけに、かえってずるずると進んでいくというところがあった。

私はあのとき確かに母と道を歩きながら声を上げて笑ってしまった。相手を、決して馬鹿にする気持があって笑ったのではない。それでは、自嘲めいた笑いかというと、そうでもないのだった。あのときの笑いが、『伴大納言絵詞』に登場する女房たちの笑いとどこか似ていたように思い出されてきた。罪の発覚した伴大納言が遠流と決まり、連行された直後の屋敷の女房たちは衝撃のあまりへなへなとしゃがみこんで大口をあけて笑っているのである。じっとその絵をみていると、彼女たちの虚ろな笑い声が確かにきこえてくるのだった。どたん場になって結婚をやめたという衝撃は、想像以上だった。

「あなたは指輪にはあまり興味がないのね」

あの絵の女房たちの笑いを思い出していると、母がいった。

私の指輪への関心は、幼女時代に始まり、幼女時代に終ってしまったといってよかった。葉山の通叔父の家に大病まもない母と居候していた幼い私は、御用邸のあるバス通りを、よく同い年のいとこの滋ちゃんと歩いた。アスファルトの下は、青い海である。ふたりは、「チクンのお店」にいくのだった。

「チクンのお店」とは、バス通りを途中で折れたところにある駄菓子屋のことだった。そこに、近所の子供たちから「チクン」と、親しみをこめて呼ばれる不思議の箱があるのである。店のおばさんに五円を渡すと、碁盤の目のように縦横に区分けされた紙の升目の好きなところを指先で押させてもらうことができるのだった。その時、チクン、という音がする。はずれはサイコロキャラメル、大当りは、赤いルビーのガラスの指輪だった。

「指輪が当ったら、ハボタンにあげる」

いつも滋ちゃんはそういって、チクンを押す。当時、私はみんなから、「ハボタン」と呼ばれていた。ハルコボウズがなまって、いつからか正月の鉢植えのハボタンとなったのである。母のつけた愛称だった。

ある日、滋ちゃんはついに大当りを当てた。

「この指輪、ハボタンのだよ」

店先で滋ちゃんから渡された指輪は、赤く大きく輝いていた。指輪をはめてバス通りを歩きながら、ただ夢見心地だった。

「キラキラして、とてもきれいだ」

滋ちゃんが、絵本の中の王子さまのように優しく笑っていた。

ショウ・ウィンドウの中のオパールの指輪をみつめながら、私はふと三十年前の赤いルビーのガラスの指輪を思い出したのだった。

見合いの相手が、

「結婚指輪はどうしますか?」

ときいたときも、あの大きく輝く赤い指輪が浮かんだ。

虚ろな結婚生活を思い浮かべる一方では、見合いをした彼が、あのときの滋ちゃんのような優しい笑顔を浮かべて指輪を私の指にはめる場面をうっとりと想像するのだった。

「ところでママは、どの指輪が一番好きだったの?」

「ルビーの指輪も、サファイアの指輪もみんななくしてしまった」

母は答えるかわりに、そうつぶやいた。

有楽町の大叔父の事務所に勤めるようになってまもない二十五歳の初夏、母と横浜の山下公園に向った。土曜日の午後、寮母を満六十歳で定年退職したばかりの母と東横線の渋谷の改札口で待ち合わせた。戦前からずっと、世界の海を航海しつづけてきた氷川丸にあいにでかけたのである。母の叔父が戦前の日本郵船の欧州航路の機関長をしていた関係から、母はよく神戸・横浜間の一等船室の船旅をたのしんだという。氷川丸は今は、内部を自由に見学できる浮かぶレストランになっているということだった。

山下公園の埠頭に浮かぶ氷川丸の白い船体を遠くからみたときに、薔薇色の帯を結び、ルビーの指輪をはめた母の後姿が浮かんだ。昔の姫君のようにおっとりと、船のデッキから青い海をみつめているのである。

氷川丸の入口を入るとすぐに、紙切れを渡された。真珠の指輪の引換券だった。千円かそこらで、指輪に交換するというよくある手である。

船の内部は、とりたててどうということはなかった。やはり船は、走らなければ駄目なのだと思った。

「昔の客船は、こんなものではなかったわ」

母はそういいながら、出口のところで真珠の指輪を手にしたのだった。

「駄目よ。やめなさいよ。そんなのやすっぽいわ」

と小声で注意したが、きかなかった。そればかりか、真珠の指輪をはめて外にでた母は、おもちゃのルビーの指輪をはめた幼女のころの私のようにはれやかな顔をしているのだった。

「四十年ぶりに船に乗った記念に買ったの」

母は少しゆるめの指輪を、さも愛しそうに眺めながらいうのだった。ちゃちな真珠の指輪をすると、母の手の皺は一層目立った。

それからも母は、時々思い出したようにそのちゃちな指輪をはめていた。

「やめてよ」

いくらいっても、きかなかった。ちゃちな指輪をはめた母は、すっかり落ちぶれた老女になったことをむしろ喜んでいるように思われた。

「しわしわ」とわらいかける子のこえがあたたかく伝わってくる

そんな母の新短歌を目にしてからは、もう何もいうのはやめにした。

昭和五十九年の三月初め、私は奈良県の多武峰《とうのみね》の山道を、一人で歩いていた。ところどころに雪ののこった道は、一歩一歩、足をふみしめるたびに心が清らかになっていく心地がした。

奈良の多武峰には、母の新短歌の先生の六條篤氏が住んでいた。多武峰の談山神社の世襲神主さんという立場に置かれた六條氏は、新短歌をつくりながら、絵筆もふるっていた。林武、三岸好太郎らとともに独立美術協会の創立メンバーの一人でもあった。

「六條さまは、あのお山のしきたりとして、奥さまと別居して暮らしていらしたわ。私はその六條さまにあいたくてたまらなくなり、朝早くに愛知川の家をでて近鉄の桜井駅から八キロの山道を走ってのぼったのよ」

母は私の少女のころから晩年まで、六條さまの話を何十回となく繰り返して話すのだった。

母より十歳年上だった六條さまは、終戦の直前に三十八歳という若さで、この世を去っていた。

「六條さまは、背が高く、鼻も高く、目はいつも優しく澄んでいて、あたたかさがからだ全体を包んでいて、夢の中の人のように思われたわ」

そんな素敵な男性に、私もあってみたいと思うのだった。

「あなたは、心映えが悪いからあえません」

六條さまのことを話題にしているときの母の口調には甘さがあって、どんなことをいわれても気にならないのだった。

これは牛乳で育った花
私のシモーヌ・シモンよ

同じ新短歌の先輩の物上照夫氏が、若かりし日の母に寄せてつくったというこうたの通りの少女の母がそこにいた。戦前のフランス女優のシモーヌ・シモン主演の映画『乙女の湖』を母と京橋のフィルム・センターでみたことがあった。母は映画をみながら泣いていた。画面のシモーヌ・シモンはまさしく牛乳で育った花のように愛らしく甘かった。一方、しわしわのおばあさんの母が薄暗い座席で声をしのばせて泣いている光景は、やはりなんともいえず愛おしかった。牛乳で育った花が、女手ひとつで私を育て上げたのである。皺が人より多くなって当り前だった。

「六條さまは、神社の境内の石段の上で私のおしろいをなおして下さったの。あんまり夢中で走ってきたので、きっとはげてしまったのだわ」

老女になって映画館の中で泣いている母の顔と、まだらになった顔を六條さまになおしてもらっている娘時代の顔はいつもオーバーラップして浮かんでくるのだった。

「はずかしいわね」

「でも、うれしかった。六條さまはそのとき、何もなさらなかった。相手の娘が真剣にぶつかってきたら、妻子ある男性はおいそれと手をつけられないものだと思う。六條さまのような高潔な方は、特にそうなのよ」

六條さまのことを話しながら、やはり最後の方はいつものお説教口調に戻るのだった。

「太田きさ様が心配して、まだ彦根中学（旧制）の生徒だった通を追手につけたのよ」

そこで、三人して十三重の塔の前で記念撮影をしたというのである。

「六條さまと通の間にはさまれた私は、とても可愛くとれていたのよ。大切にしていたのに、結婚したKさんからビリビリに破かれてしまったの。あなたも結婚するときは、男性とうつした写真を全部おいていかなくては駄目よ」

通叔父の二歳年上のタケヤンの会社の同僚だったKさんから、母は熱烈にプロポーズされたのである。Kさんは結婚するまでは、母が六條さまにいくらあこがれているといっても、にこにこしていたのに、結婚した途端、ガラリと変わってしまった。六條さまはショパンのレコードが好きだったと一言いっただけで、家中のレコードを叩き割ってしまったという。自分の好きなベートーベンのレコードだけをきけといった。そういうKさんについていくことができずに、母は赤ん坊の満里子ちゃんの死の直後離婚したのだった。

「結婚指輪は、どうしたの？　Kさんのもとに置いてきたの？」

「それが、さっぱりと記憶がないの。どうしたのかしらね」

母は満里子ちゃんが死んだのは、自分がKさんを愛していなかったからだと、それぱかり考えて悩んでいたのである。もの静かな紳士の六條さまと、自我のつよいKさんは、あまりにも違いすぎた。


多武峰にいく前に、戦後から今日まで一貫して、『新短歌』誌の編集発行人の宮崎信義氏に電話をした。晩年近くの数年間、母は宮崎氏のすすめで『新短歌』誌に、詩ともつぶやきともつかないものを発表していたのである。

「六條さんはすべてに上品な立派な方でしたが、仕事らしい仕事はしていなかった。由緒ある社僧の家系の人としては、まあ、それが許される環境にあったということですな。六條さんと静子さんはああいうロマンチストですから、決して現実をみないところで結ばれていたのとちがいますか」

と宮崎氏はいった。

長年、国鉄に勤めて、その間神戸の駅長という責任あるポストに着きながら、宮崎氏はずっと新短歌をつくり続けてきた。その詩は、生活の実感に溢れている。


乗客は少なくて恥ずかしそうに電車が止まる二人降り二人乗る

という詩は、六條さまの

どの異郷人《たびびと》も
どの異郷人《たびびと》も
海へゆく方向《みち》を尋ねる

という詩とは、実に対照的に思われるのだった。

宮崎氏はこうもいった。

「一度、六條さんから、『太田静子さん、もらわんか?』という話がでました。県の医師会の副会長のお嬢さんでは、サラリーマンのうちでは無理かなということで話は立ち消えになりました。静子さんは、ちゃんと床の間にすえつけて、だれかが支えてやらんとどうも危っかしい、支えとうなる女性でした、純粋な人でした」

宮崎氏は最後に、「静子さんは清らかでした」と力をこめていった。その最後の一言を、私は多武峰に向う道を歩きながら思い出していた。

日光東照宮のお手本になったという多武峰（談山神社）の丹《に》塗りの建物が、木々の間からみえてきた。ふと、海の中の竜宮城は、このような建物なのではないかと思った。

竜宮城の石段の上から、背の高い六條さまと少女のような姫君の母が並んで立って、私を待っている心地がした。母の左手の薬指には、赤いルビーの指輪が光っている。

ベランダの二人

渋谷のマンションのベランダは、白い船のデッキのようなかたちをしていた。そのことは、母も私もとても気にいっていたのである。ベランダの中には、小さなモミやスギの木の鉢植えがおかれていた。どれも枯れかかっているにもかかわらず、引っ越しの前日までそのまま放置されていた。枯れかけの鉢植えからふとバス通りに目をやれば、連込みホテルの建物がみえるのだった。七年前、大叔父の有楽町の事務所に勤めることが決まったとき、空き事務所になっていたこのマンションに社宅として住むようにいわれたのである。そのときは、ホテルかもめという名前を、それこそ船のデッキからみるかもめのようにロマンチックに受け取っていた。私はまだ二十五になったばかりだった。

母は三ヵ月前、マンションの廊下でころび、背骨の筋を痛めてしまった。歩いて二、三分の外科医院に週に一回か二回、通う以外、ほとんど寝たきりの毎日が続いていたのである。

母のかわりに、ベランダの鉢植えの世話をする気にはなぜかなれなかった。ベランダにでると、すぐ真下のバス通りの騒音が思わずたちくらみするほどにけたたましく聞こえてくる。あまりの騒音の前では、かえって鉢植えなどない方がいいようにも思われてくるのだった。

一匹の金魚が、ベランダの真ん中に置かれたポリバケツの中で赤い尾ひれをゆったりと動かしていた。植木に水をやることはなくても、金魚の水は必ず一日置きに取り換えていた。赤い金魚は、「木屋利子」という名前であった。

母が命名したのである。尾ひれがひらひらと四つに分れていて、赤にところどころ白がまじったその色は、母が金魚の本を買って調べたところ、「キャリコ」という品種に間違いがないらしかった。それに当て字をつけてトシコとしたのは、母の近江の愛知川の女学校時代の親友、田中俊子さんが、クラスの皆から「キンギョ」と呼ばれていたということも影響していた。可愛い俊子さんのそばにいると、それだけで幸せな気持になったと母はいうのだった。

当り前のことだが、水の中の木屋利子さんは、あくまで無口である。それがときとして、とても賢そうに思われてくることがあった。あまりにも秘密がなさすぎる母ととりとめのない口論をした後、ベランダにでると、そこに木屋利子さんがいる。すると、しなくてもよい口答えをしたことが、悔やまれるのだった。

「木屋利子さんは、えらい方よ。こんなに排気ガスと騒音が押しよせる中を、ゆうゆうと泳いでいるのですもの」

いつのまにか、寝ていたはずの母が後に立っていて、そういうことがあった。

「車の騒音がいやでいやでたまらないとあまりいいすぎていたから、廊下でころんでしまったような気がするの。もっと木屋利子さんをみならって落ち着いていれば、こんなことにはならなかったのだわ」

確かに母は、ベランダにでるたびに同じ言葉を、大きな声で繰り返していた。

「車の音が、悪魔のどよめきのように聞こえる。あなたは、よく平気でいられるわね」

マンションの下の車の通りは、七年前に永福町から引っ越ししてきたころとはくらべものにならないほどにひどくなっていた。それにしても、「悪魔のどよめき」とは、いささか大げさ過ぎるのではないかと、こちらは冷ややかに受け止めていたのである。

ところが、母がころんでからというもの、一人ベランダにでると、車の音はやはり地獄からのように恐ろしく聞こえだしてきたのである。ガラス窓をしめて部屋の中に入っても、その音は当分の間、耳にこびりついて離れなかった。

一日も早く静かなところに引っ越しをしたいと思ったのは、背骨を痛めてしまった母のためばかりではなかった。私自身、その音にどうにもいたたまれなくなったのだった。

車の音がまったくといっていいほど聞こえない、それでいてまずまず便利なところ、そんな母と私の理想とする住まいが東京でみつかったのは奇蹟的といってもいいように思われた。ただひとつの難点は、渋谷のマンションがともかくも3Kの間取があったのに、今度の成城のアパートは2Kであることだった。荷物は、この七年の間に倍近くふくれ上がっていた。NHK教育テレビ『日曜美術館』の司会アシスタントのオーディションにパスしたのは、事務所に勤めるようになって二年目の春だった。それから三年後に司会アシスタントをやめてから本が二冊まとめて出版されたのである。久しぶりにお金が入れば、つい我が家には上等すぎる籐のダイニング・テーブルなどを三割引だかのバーゲンに目がくらんで買ってしまう。七年間の生活の間に、本もみるみるうちにふえていった。

「狭くてもかまわない」

母は、はっきりといった。

「本も、また買えるものは思いきって処分しましょう。この金屏風もここへ置いていくわ」

金屏風とは、二年前道玄坂の夕暮れを散歩していて、とある古道具屋で母がみつけたものだった。

「大きすぎるのではないかしら」

という私に、

「大丈夫よ」

母はいかにも確信ありげにいった。値段はいくらだったか、忘れてしまったけれど、それは当時の私がびっくりするような値段では決してなかった。刀や兜、伊万里焼の大皿などがところ狭しと並ぶ店の一番奥にたてかけられた金屏風は、神々しいまでに光ってみえたのである。

「この屏風の前で、あなたが、未来の御主人さまと並んでもいいのよ」

母は、金屏風を見上げながらそうもいった。「そんな恥ずかしいことを」といおうとしたが、正直満更でもない気持なのだった。そのときはっきりと、金屏風の前で男性と並びにんまりと笑う自分の姿が浮かんできた。

「部屋と部屋の間の衝立にも、ちょうどいい」

とも母はいったのである。

ところが、いざ部屋の中に入れてみると、その屏風は無用の長物なのであった。薄暗い古道具屋の店の奥でみたときはやけに有難くみえたのに、明るい光の下でみれば、ただどすんとした、あたりとは妙な不協和音を奏でるだけの得体の知れないモノにすぎなかった。第一、部屋の真ん中に、衝立として置こうとすると、裏側の布地の大きなシミやほつれた部分がいやが上にも目につくのだった。

「この屏風の前で、どんな男性と並べばお似合いかしら」

皮肉をいったつもりが、急にわびしくなった。いっぺんに十も二十も年を取ったように思われた。これでは当分御縁がないという予感がした。こんな屏風を買おうといった母が、恨めしかった。それからも、部屋の隅にしょうことなく畳んでもたせかけてある屏風に眼がいくと、私はかすかな苛立ちをおぼえるのだった。

その他のまだ十分使えると思うものも、思いきりよく処分していくことになった。小学五年のとき母のボーナスで買ってもらって以来使っていた大きな坐り机も置いていくことに決めた。

「木屋利子さんは、どうするの?」

引っ越しすることが決まった晩、母の枕許にいってきいた。

金魚の木屋利子さんは孤独でありながら、いつのまにか赤ちゃんの掌ぐらいのグラマーになっていた。かなり大きめのポリバケツでなければ、すぐに息苦しくなる。このベランダにいるからこそ飼えるのであって、2Kのアパートではとても無理だという気がした。おまけに、今度は今までと違って二階である。猫にねらわれたら、それでおしまいだった。

「そうね。どうしたらいいか、しばらく考えましょう」

寝床の中で老眼鏡をかけて本をよんでいた母は、静かな声でいった。

木屋利子さんは、三年前、デパートの屋上の金魚売り場でおまけにもらってきた稚魚だったのである。子供たちにまじって、母も私も金魚釣りに挑戦したのだったが、ともに失敗した。二匹のおまけのうちの一匹は、すでにそれなりに小さくとも尋常の大きさであったが、もう一匹、すなわち木屋利子さんの前身はといえば、ほんの小指の先、もっとはっきりいえば小さくくしゃくしゃにまるめたチリ紙の先といった感じの白っちゃけた稚魚だったのである。

「この一匹は、いかにもひどいわ。あのメガネのお兄さん、よりにもよって変なのをくれたわね」

帰り道を歩きながら、母がいった。いかにも善良そうな学生アルバイト、といった感じの青年だった。人はみかけによらないという気がした。

「そうよ。私たち、馬鹿にされたのよ。大体、ママと一緒だと、私までおかしく思われるのだわ」

いわなくてもいい言葉を、つい付け加えたりした。

それでも、わが家に生きものがきたのはうれしく、ベランダに透明なプラスチックの水槽を置いて、二匹を泳がせた。

尋常の赤いのはすぐ死んで、「チリ紙の先」だけがのこったのも意外な気がしたが、そのまま数ヵ月もたつと、その白っちゃけたからだはすっかり赤くなり、かたちもふっくらと金魚らしくなってきた。

「わからないものね。あの売り場のお兄さんは、よい金魚になるとわかっていたのよ。あんなことをいって、わるかったわ」

ベランダにしゃがみこんで、小さな金魚をみつめながら母がいった。

やがて一年目の夏を迎えて、水の中の尾ひれが赤くひらひらと蓮の花びらのようにみえてきたとき、二人してこれは女の金魚に違いないと決めてしまったのである。稚魚のころの木屋利子さんから受ける印象は、あくまで母の女学校時代の可愛い俊子さんであって、後に思慮深い孤独な女史の顔を思い浮かべるようになるとは思ってもみなかった。

木屋利子さんも、そろそろお年ごろになってきたように思われた。心づよい仲間が必要なのではないかということで、母も私も意見が一致した。

「利子さんも、結婚してお母さんにおなりなさい。治子も、それにみならいますように」

母はそういって、利子さんのいる水の中へデパートで買ってきたばかりのコメットと呼ばれている金魚を入れた。コメットには、すらりとした体型とその敏捷さから漠然と若武者を連想させるものがあった。

若武者はすばやく水になじんでしまったと思ったそのとき、利子さんが突然水面に浮かび上がってきた。「どうしたのかしら」と思うまもなく、彼女はまるでまな板の上にでもいるようにくるりと横になった。そしてそのまま、動かなくなってしまったのである。「死んでしまったのだろうか」、言葉もなくみつめていたものの、すぐに思いついてため置きの水の中にいれると、木屋利子さんは再びよろよろと泳ぎだした。失神したのであった。

母も私も、金魚が失神するのを初めてみた。

「情けないわね」

と異口同音にいいながら、一方ではそんな彼女を愛しくも思った。

一ヵ月後、今度は利子さんのどこか弟といった感じのする可愛い出目金を入れてみたのである。これなら、大丈夫だろうと思ったところが、コメットの前回とまったく同じようにみるみるうちに水面へ上がってくると、ぐったりと横になってしまったのだった。

利子さんは、しようがない気まま娘なのかもしれなかった。孤独でいることがさびしいようにみえて、いざ共同生活を始めるとなるとイヤイヤをする。彼女は、一生結婚できないような気がした。あるいは、私にもそのようなところがあるのかもしれないと思うと、前よりもいっそう利子さんに親しみを持つようになった。

いつのまにか、あんなに敏捷にみえたコメットもひょうけた感じのする出目金も死んでしまった。一見、頼りなげな感じの利子さんだけが、いかにも一人暮しをたのしんでいるかのようにいとも悠々と泳ぎ続けているのだった。

引っ越しの日が近づくにつれて、木屋利子さんと別れるのはますますしのびなくなっていた。たかが一匹の金魚との別れとは、どうしても思えないところがあった。

「どうしたらいいの？」

と母に聞くと、

「もう少し、待ちなさい。今にきっといい名案が浮かびます」

引っ越しが決まってから急に元気になった母は、予言者のようにそういうのだった。ころんだ背中はすっかり曲ったものの、そろりそろりと歩くには支障のない母と、家の近所の松濤公園の池や神宮の森の池へ視察にでかけた。どこも、利子さんの安住の地には思われなかった。利子さんの十倍はあると思われる錦鯉の背中をみただけで、私の心は失神する寸前の彼女のようにおののくのだった。

小さいころから、金魚が好きだった。水の中で生活しているという不思議さのほかに、やはり何も言葉を発しないところが魅力的だった。じっと息をつめて泳ぐ魚をみていると、こちらの心も水の中にいるようにすけてみえてくる。相手の孤独もわかり、こちらの孤独もわかるのだった。

小学一年の鍵《かぎ》っ子だった私は、恵比寿の雨もりのするバラックの二階で、「滋ちゃん」という名前の金魚をみつめていた。ジャムの空ビンの中で静かに尾ひれを揺らしている目の大きな琉金は、同い年のいとこの滋ちゃんと似ていた。葉山の通叔父の家で、母とともに三年間も居候生活を続けていたころ、滋ちゃんとは、毎日のように海にでて遊んでいた。

母は、目黒の倉庫会社の食堂に勤めたばかりだった。下の大家さんのおじさんとおばさんもニコヨンの仕事にでかけていて、あたりは物音ひとつしない。

「滋ちゃん」

と呼ぶと、金魚の滋ちゃんはなつかしい目をこちらに向けるのだった。

まもなく、母と私は母の会社から歩いて五分という近さにある目黒のアパートの二階へ引っ越しをした。あの滋ちゃん金魚とはどう別れたのか、記憶がない。ただ毎日、机の上で「滋ちゃん」をみつめながら母の帰りを待っていたことがセピア色の映画のワン・カットのようにほのかになつかしく浮かんでくるのだった。

目黒に移ってまもなく、小鳥を飼った。アパートの一階に、十姉妹やカナリアを合わせて百羽近く飼っている小鳥好きのおじさんがいた、そのおじさんが、白黒まだらな十姉妹が多い中で特別に真っ白な十姉妹をわけてくれたのである。最初はちゃんと鳥カゴの中に入れて、おとなしくみていた。恵比寿で滋ちゃん金魚をみつめていたときと変りがなかった。

ところが、ある日突然それだけではものたりなくなった。金魚と違って、小鳥は鳴きながらカゴの中をとびまわる。小鳥をみていて、心が落ち着くということはないのだった。私はいきなり、小鳥を四畳半の部屋の中にとばした。小鳥と一緒に、部屋の中を森の中のようにとびまわりたくなったのである。

小鳥が威勢よくとんだのは最初のうちだけで、すぐにタンスの上に着陸してしまった。今にして思えば、小鳥は十姉妹である。森の小鳥のようにいかなくて当り前だったのに、そのときは違いがわからなかった。

「もっと、とんで」

といいながらタンスに近づくと、小鳥は再び舞い上がったかと思うと、いきなりタンスと食器戸棚のわずかな隙間に急降下した。薄暗い隙間で、白い胸毛が大きくあえいでいるのがみえる。

「どうして、かくれたの？　早くでてきてちょうだい」

いくらいっても、でてこない。小鳥はすっかり、おびえてしまっているのだった。私は次第に、あせり始めた。三時が近い。早番で朝五時に出勤した母が、まもなく帰ってくる。それまでに、なんとか鳥カゴに小鳥を入れてしまわなければいけなかった。私は、ホウキを手にした。それでバタン、バタンとおどかせば、びっくりしてでてくるような気がしたのである。ところが、それは逆効果だった。おびえた小鳥はますます、奥へと入ってしまった。仕方なく、今度はホウキの先を小鳥のいる隙間にいれた。ようやく、小鳥は外にとんできた。しかし、いかにもよたよたとしたとび方ではあった。私はすぐに鳥カゴの巣箱に入れた。長いこと小鳥は巣箱の中で白い胸をあえがせていたが、翌朝みると冷たくなっていた。

私は小鳥を殺してしまったのだった。ひどいショックに、胸の動悸はおさまらなかった。顔色も青ざめていたのに違いない。

「小鳥が死んじゃった」

泣き声でいうと、母は優しく慰めてくれた。母は少しも気づいていないのだと思うと、ほっとするとともにますます重い気持になった。部屋の中全体が、すっぽりと大きな黒枠の鳥カゴに包まれたような気がした。小鳥をそうやって死なせてしまったことを、私は大人になってからもつい母にいいそびれていた。

「小鳥を飼いましょう」

渋谷のマンションに移ってきてまもなく母にそういわれたときも、私はよほどあの告白をしようかと思った。母は、「あら、そうだったの」と笑うだけのような気がした。それでもなぜかいいだせないまま、母とデパートの小鳥売り場へとでかけたのである。文鳥のつがいを買おうということになった。

文鳥のカゴをみたとき、一羽の純白の文鳥に目がいった。それは、私が小学生のときに死なせてしまった小鳥とも似ていたが、ずっと美しかった。

他の鳥にかしずかれるようにして、ちょうど止まり木の真ん中につんと横を向いて止まっているさまは、女王様のように気高くみえる一方、思わずひきこまれそうな妖しさが感じられるのだった。

こんなにも美しい鳥を、私は初めてみたような気がした。まさしく、「絶世の美鳥」なのであった。気がつくと、母もその鳥ばかりをみていたのである。

母も私もつがいはやめて、この鳥だけを飼おうと思ったが、一応いかにも実直そうな頭の先の黒いオスを選んだ。

鳥カゴをベランダに置いてからも、ずっと絶世の美鳥ばかりをみつめていた。みればみるほど、その鳥は美しくみえた。いささか取り澄ました感じのするところが、またなんともいえずいいのであった。その女王様のような妻とそれに仕える従僕といった面持の夫は、思いのほか仲むつまじかった。不釣合いな夫婦がぴったりとくっついているという光景も、みていてわるくはなかった。そのうち、妙なことに気づいた。お尻のまわりの羽根が、黄色くぬれているのである。

翌日になっても、お尻がぬれているのに変りがなかった。いよいよ病気かとも思い、買った売り場でみてもらうことにした。

売り場の無精髭のむくつけきおじさんは、彼女のお尻をみると、

「これは、あかん」

と一言いうや否や、いきなり骨太の手でお尻の毛をぱっ、ぱっとむしった。そしてそのまま、黒っぽい大きな箱に入れてしまったのである。母も私も、声もでなかった。美の最後は、こんなにもあっけないものなのだろうか。虚しいというより、ただただ驚きの方がつよかった。

かわりに、今度は丈夫で長持ちするメスを選んでもらった。いかにもこっつりした不細工な感じのするメスだった。

かつての美しい妻にいつもぴったりとくっついていたオスは、新しい妻にどうしてもなじめないらしかった。エサも一緒に食べようとしないし、夜も決して巣の中に入れようとはしないのだった。新しい妻は、そのもっこりしたからだをさらにまるめて、止まり木で眠る。その姿からあわれを感じるよりも先に、巣の中で亡き先妻のもの思いにふけっているかのごとく見えるオスに同情した。彼の気持がよくわかる気がするのである。たとえ、最後があのようなものであったとしても、妖しさと気品を同時にたたえたあの姿は忘れられるものではなかった。

ある朝、突然ピーピーという甲高い鳥の声にベランダにでてみると、鳥カゴにオスがいない。先程、エサをかえる時にうっかり閉め忘れた入口から外にとびでてしまったのだった。どこにいったのだろうと、メスの鳴く方向をみると、電線の上にオスが止まっている。オスは、こちらをポカリとした表情でみているのだった。いくらメスが呼んでも、応じる気配はなかった。オスに逃げられてから、こっつりしたメスの鳴き声が妙にわずらわしくきこえるようになった。

「花園神社にいきましょう」

初秋のある日、いきなり母にいわれた。新宿の繁華街の近くにその神社があることは知っていたが、まだいったことはなかった。

「花園神社に、小鳥を置きにいくのよ。そういう名前の神社に置いたら、きっとこの鳥も幸せになれると思うわ」

母はあえて、捨てるという言葉を使わなかった。神社の神殿近くに置いてくれれば、きっとよい人にもらわれていくのに違いないといった。小さな紙の箱に小さな穴をあけ、中にエサをばらまいた。その箱を持って私は母と電車に乗った。新宿の街にでると、急に冷たい小雨が降りだしてきた。傘をさして歩きながら、そっと穴から小鳥をみた。小鳥は首をのけぞらせて、こちらを見上げた。ほっそりと美しい姿態だった。この鳥が、こんなにも美しくみえたことはなかった。私はうろたえながらもう一度みた。やはり美しかった。けげんそうに上を見上げるその顔は、やはり中国の古代の美女が不審げに眉をくもらせているという風にみえるのだった。

別れる間際に、どうしてこんなに美しくなったのか、わからなかった。別れたくないと思った。いつまでもあのときの首をのけぞらせ、眉をくもらせた美しい小鳥の姿が忘れられなかった。いけないことをしたと思うと、あの最後に小さな穴から見た美しさを母にいうと、母は黙ってうなずくのだった。

それからまもなくして、隣の部屋にゲイ・ボーイが引っ越してきた。黒いタートル・ネックのセーターを着た、いかにもなよやかな彼は、竹久夢二の「黒船」の絵の女のように黒猫を抱いていた。あの絵の女そのままにうつぶせ勝ちの目をした御主人とは反対に、腕の中の黒猫は最初から私の方を、確かにじっとみつめていたのである。猫は蠱惑《こわく》的なまなざしをして笑っているのだった。

それからというもの、毎日ベランダにでると、その猫が隣のベランダからこちらをうかがっているのだった。青い目の黒猫は、私だけを一心にみつめている。その目には、強烈な光があった。今まで、異性に一度としてそのような目でみられたことのなかった私は、ついうっとりともしてしまうのである。

「気をつけなさい。あの猫は、あなたにやましい心を持っているわ」

と母にいわれた。

「そのうち、こちらの部屋にとびこんでくるわよ」

ともいった。半信半疑だった。

とうとう、その日がきた。猫はある日、私と目が合うなり、いきなりこちらのベランダにとびこんできたのである。私は息をのんだ。男性から思いもよらず抱きすくめられたという気がした。母がとんできた。

「まあ、駄目ですよ、そんなこと」

まるで男性が娘にとびかかってきたような言葉を発して、母は、猫をつまみあげた。

結局、木屋利子さんとはあっけない別れ方をしてしまった。母がデパートの金魚売り場にただで引き取ってもらうことを思いついたのである。水槽に他の金魚たちと一緒になった彼女はもう失神することはなかった。想像していたよりずっとやすやすと、泳いでいるのである。ほっとするとともに、さびしさを感じた。あまりにも思い入れがつよすぎたのだと思った。改めて、じゃけんにしていたあのメスの文鳥の別れ際の美しかった姿がよみがえった。

「生き返ったようだわ」

成城のアパートに引っ越しをしてきた翌朝に、庭をみながら母がいった。大家さんの庭と地続きの初夏の庭には、梅や山茶花《さざんか》、月桂樹といった大小さまざまな木が植えられていた。すぐ手の届きそうな物干し場の脇には、ひっそりとコデマリの木が植わっていた。母はコデマリの、白い小さなお手玉のような花が好きで、永福町の寮母をしているときにわざわざ寮の玄関にも植えたのである。

庭を、猫が歩いている。老いたペルシャネコである。のっそりした体つきが、どこか母に似ていた。

「ママをみにきたのよ」

ふと、渋谷のマンションのベランダに黒猫が入ってきたときの母のあわてぶりを思い出して、笑ってしまった。

「犬を飼いたいわね」

山茶花の木の下からこちらをうかがっている猫をみながら、母がいった。

「そのうち、犬の飼えるような家に住みたい」

母は、犬が好きなのだった。寮母時代にも、買物の帰りに犬がついてきたとか理屈をつけて、雑種の茶色の小犬をつれてきたことがあった。それは、泣きゆがんだような顔をしていて、少しも可愛くなかった。

「駄目じゃないの」

わざと母に語気をつよくしていってみたのである。寮で飼えないことは、母がだれよりもよくわかっているはずだった。

葉山に住んでいたころ、散歩の途中にとある家の前を通りかかったら、それは可愛らしい小犬が遊んでいた。足の先だけが黒くて、ちょうど長靴をはいたような感じになっている耳垂れ犬だった。

「可愛いわね」

というと奥さんが中からでてきて、

「お嬢ちゃん、この犬あげましょう」

私の胸に小犬を差しだした。抱きしめながら家に帰ると滋ちゃんがむくれていた。

「こんな犬、可愛くない。ジュディの方がずっといい」

といった。ジュディとは、滋ちゃんの愛犬である。もう大分年を取っているのか、いつもしょぼくれた顔をして尻尾をだらりと下げていた。

「ママ、ジュディよりこっちの犬の方が可愛いね」

というと、母は返事をしなかった。翌朝、小犬を母と返しにいった帰り、母は、

「いつか、きっと犬が飼えるようになるわ」

といったのだった。

あれから、三十年近くたっていた。二人は、まだそのような家には住めないのだった。

「きっと、そういう日がくると思う」

母は再び、つぶやくようにいった。そのとき、確かにどこからか犬の遠吠えが聞こえてきたのである。

夏の記憶

その年の夏は、ことのほか暑かった。手遅れの盲腸で一ヵ月あまりの入院生活を送った後、目黒の四畳半のアパートに帰ってきたのが八月初めである。暑さは、それから急に激しくなったように思われた。

近所の倉庫会社の食堂で働いている母が、会社から帰ってくるまでの間、十七歳の私は、退院まもないからだを、うだるような暑さの部屋の畳の上に横たえていた。二階の部屋の窓は、精一杯開け放しても、風がそよとも入ってこなかった。入院中の一ヵ月の間に、向いの自動車修理工場はいつのまにかプレハブの二階を建増《たてま》ししていた。私道を一本隔てたその二階の窓は、思いがけないほどの近さに迫って感じられるのだった。

そのことも、よけい暑さを倍加させているように思われた。

「キーン」

「ゴーン」

という工場の金属音も、以前より大きくなったように思われた。じっと畳の上に横になっていると、その音がまだ赤くひきつれた手術の傷跡にじかに沁みこんでくる心地がした。

穿孔《せんこう》性腹膜炎というのが、手遅れの盲腸の正確な名前であった。虫垂に穴があいていて、もし手術が後一時間遅ければ死んでいたかもしれなかったといわれた。そのわりには、手術跡は、一センチ四方と小さくてすんだ。執刀したその病院の院長は、日本でも有数の盲腸手術の名医だったのである。

六月の末、授業中に急にお腹が重く痛くなった。すぐに衛生室へいった。それまでも、時々そうやってお腹が痛くなり、衛生室のベッドでねていることがあった。衛生室の常備薬のクレオソートを飲み、しばらくうつらうつらしているうちに、お腹の鈍痛は、いつのまにか消えるのだった。

原因は食べ過ぎだとわかっていたから、気も楽だった。

それが、その日はなかなか痛みが去らなかったのである。じっとりとした鈍痛が、おへそのまわりから胃のあたりへとひろがってきた。早退して、近所の開業医へいくと、胃がはれているという。胃薬をもらって帰り、横になったものの、痛みは一向におさまらない。夜になって、何度か吐きそうになりついに一睡もせずに朝を迎えたのだった。母は五時起きの早番ででかけてしまっていた。一人で昼近くまで寝ているうちにどうにも気分が悪くなり、なんとかブルーの横縞のTシャツとショート・パンツに着替えると、母のいる食堂へ歩いた。いつもは三分で着く道が、その日は遠く三十分以上かかった気がした。ふらふらとした夢遊病者のような足取りで食堂のドアをあけた私をみて、白衣姿の母は笑った。さもおかしそうに、

「あら、どうしたの？」

と、いったのである。

このことが、手術後、見舞いにきた母に突っかかる最大原因となった。

「ママは冷たいのよ。ふらふらになった私をみて笑ったわ」

「そんなにくるしいようにはみえなかったの。仕方ないでしょう」

母はいくらかは自責の念にかられるらしく、うつむいて答えるのだった。私はその母をみてますます調子に乗って、

「ママは冷たい、ママの心がわかった」

と、ベッドの上から同じ言葉を繰り返した。あまり疲れたから、少し家でやすんできたといって、消灯時間間際に現れた母にも突っかかった。

「遅かったわね。私のことが心配ではなかったの？　冷たいわね」

「今日は四時起きでお弁当をたくさんつくって、それからずっと忙しくて、足が棒のようなのよ」

母は泣き声でいうと、のろのろと病室をでていった。

実のところ、私は母をそんなに冷たいとは思っていなかった。ただ呑気すぎたのだと思って

いた。

その呑気に構えていたのが結果的にはよかったのである。その日、私がいったん家に帰った直後、偶然にも、大和田の大叔父が母の勤める倉庫会社に姿をみせた。大和田の大叔父は戦後ずっと二十年近く、倉庫会社の親会社に当る化学会社の社長を務めていて、ほんの数ヵ月ほど前に会長に勇退したばかりだった。私がどうやら盲腸らしいと聞いた大叔父は、即座に目黒の駅前の病院につれていくようにといった。そこの院長が、大叔父と同郷の大分県人で、盲腸手術の名医であることを知っていたのである。

「あのころ、私は疲れていたのよ。もう身も心もくたくたで、ぼんやりしていたから、あなたが本当に悪いのもわからなかったのだわ」

母は、そんなふうにつぶやくのだった。確かに、あのころの母は疲れていた。娘の私に、原因があった。

その年の初めに、私は『新潮』に「生いたちの記」を発表した。それが思いがけず評判がよかったことから、私のおごりが始まったのである。

前の年の夏、軽井沢で瀬戸内晴美さんと出合った。太宰のことを小説に書くので、愛人の娘の私にもぜひあいたいと、出版社を通して話があったのである。女流作家に初めてあえるという興味とともに、瀬戸内さんの軽井沢の別荘にいけるのがうれしかった。私はまだ一度も、軽井沢にいったことがなかった。

瀬戸内さんは、笑顔を惜《おし》まない女性だった。がっしりとしたこわごわしい女流作家だったらどうしようと身構えていた私は、想像とあまりに違うことにぼんやりしてしまった。

「治子ちゃんにぴったりのニットの白いワンピースをみつけておいたのよ。これから買いにいきましょう」

顔を見合わせてすぐに、そういわれたのもうれしかった。

一緒に軽井沢の町を歩いた。

すれ違うだれもが、瀬戸内さんを知っているような気がした。並んで歩いていると、十七歳の少女のささやかなヴァニティも十分に満たすことができた。少女の私も一緒にみられているという気がしたのである。矢絣《やがすり》の着物姿の瀬戸内さんの横の私はそのときも、ブルーの横縞のTシャツに同系色のショート・パンツをはいていた。中学二年のときに母が買ってくれた一番のお気に入りのTシャツだった。フランスの女流作家サガンがそのような横縞のTシャツを着ているのを、写真でみてあこがれたのである。デビューしてまもないころの少女のサガンは、私には女優のように愛らしくみえた。

瀬戸内さんと入ったレストランで、たまたま家族づれの新潮社のS氏にあった。秋になって、S氏から「生いたちの記」を書かないかという手紙がきたときは、びっくりした。書くようなものは、何も持っていないという気がした。書ける自信はなかった。それよりも女優になりたいと思った。

小学生の鍵っ子のころ、鏡の前でよく自作自演のお芝居をしては、涙を浮かべていた。本当は私は母の子供ではなくて、どこかのもらいっ子なのだという筋書が多かった。小さいころはそうやって、観客も自分一人で満足していた。それがいつからか、人から喝采を浴びたいと思うようになったのだった。

年が明けてまもないある日、昼でも薄暗いアパートの玄関にS氏が立っていた。

「原稿は、書けていますか?」

きわめて静かな口調でそういわれたのである。言葉がでてこなかった。原稿が一行も書けていなかった以上に、汚いアパートにいきなりS氏が現れたのにうろたえた。

下駄箱には、それぞれの家の靴が思いきり乱雑にはみでて並んでいた。最近引っ越してきたばかりの若いセールスマン風の男性の靴が多かったが、何か犬や猫の臓物《ぞうもつ》のように汚らしくみえるのだった。

玄関のすぐ横は、共同トイレである。これが何より恥ずかしく思われた。

朝でかけるときは忘れているくみとり式のトイレの臭いが、帰ってきたときにだしぬけに鼻につくことがあった。するとそれだけでがっくりとして、部屋に戻ってからもしばらく何もする気が起こらなかった。洗面所も、炊事場も共同である。それは、少しも気にならなかったが、トイレが共同なのだけはどうしても嫌だった。合計十世帯が住むアパートにしては、トイレの「個室」が三つもあるのは多すぎるともいえた。小学一年の秋、この木造アパートができてまもなく入居してからというもの十年余り、網戸も一度として取り換えられた形跡はなかった。網戸は、すっかりすすけてはがれそうになっていた。夏になると、大きな銀バエがはがれた網戸の中と外を、羽音も高くいったりきたりするのだった。

十年前の夏は、こうではなかった。二階にも一階にも、私より一歳ないし二歳年下の小さな男の子が住んでいた。二階の男の子は一人っ子だったが、下の兄弟は年子だった。彼ら三人と私は、それぞれに家からハエタタキを持ってきて、「個室」の網戸にしがみつくハエ取り競争に興じるのである。

「やはり、治子ちゃんが一番だ。えらいなあ」

といわれると、

「そう。えらいの、私。大きくなったら、おかあさんになるの」

と答えた。

そのおかあさんとは、私の母をさしていた。母は、この世で一番、えらいひとなのだった。

わたしのおかあさん

わたしのおかあさんは、かわいそうです。

いつもたくさんのお茶わんをガチャ・ガチャあらっています。

このアパートに引っ越してきてまもなく、クラスの文集に載った作文である。倉庫会社の食堂でお茶碗ばかり洗っている母をみて、かわいそうだと思ったのだった。小さい私の目には、そのかわいそうな母がとてもえらくも映ったのである。遅番で夜八時過ぎに帰ってきた母は、夜中にアパートの裏庭の井戸で洗濯をした。しんとした夜空の下でキュッキュッと洗濯板を動かし続ける母の後姿を、小学生の私はそっとみつめることがあった。

アパートの男の子の家のおかあさんは、昼間も家にいた。昼間、井戸のまわりでにぎやかにおしゃべりしながら、洗濯をするのである。新婚さんは、少し時間をずらして洗濯をすることになっていた。洗濯するのは、いつも頭にネットをかぶった御主人の方だった。女優の卵だという奥さんは、ショート・カットに丸顔のきれいな人だった。薄い三日月のような唇には、赤い口紅が塗られていた。

彼女は洗濯中の御主人の前に立って、たえず繰り言をいっているのだった。私は近くで石ケリ遊びをしながら、その話を聞いていた。アパートの奥さんの誰それが自分に意地悪をするという告げ口が多かったが、時にはいきなりワッと顔に両手を押し当てて泣き出すこともあった。それにもかまわず御主人が、黙々と洗濯を続けているのが不思議に思われた。あれはいわゆる痴話ゲンカに類する奥さんの甘えだったのかもしれない。

小学高学年になってから、「ポルトガルの洗濯男」という絵物語をつくった。「ポルトガルの洗濯女」をもじったまったくの空想であったが、あの御主人の洗濯する姿が無意識のうちに影響していたのだと思う。

井戸は、いつのまにか使えなくなってしまった。涸れてしまったのか、大家さんが替わったせいか、そのところはよくわからない。それと前後するかのように、あんなににぎやかだった男の子たちも、私が中学に通うころにはそれぞれ遠くへ引っ越していってしまった。女優の卵の奥さんと夫は、とっくにいなくなっていた。

子供の声の聞こえなくなった階段を中学生の私が上がっていくと、ふいにあのきれいな奥さんがお姫さまのようにスカートの裾をひろげて坐っていた姿が思い出されてくるのだった。一段下には、小さな男の子たちが坐っていた。そうやって男の子たちをはべらすようにして坐りながら、彼女はいきなり両手を顔に押し当てて泣きだしたことがあった。

「どうしたの?」

男の子たちの心配そうな声に、きれいな奥さんは両手を顔から離すとにっこり笑ってみせるのである。あでやかな笑顔に、言葉を失った男の子たちのぽかんとした横顔。

会社の食堂で、母が同僚とささいな口ゲンカをして泣いているのをみた後では、あのあまり口も利《き》かなかったきれいな奥さんの泣き真似をした顔がひとしおなつかしく浮かんでくるのだった。ちょっと同僚が意地悪をしたぐらいで、母はどうしてああも顔をくしゃくしゃにさせて泣かなくてはいけないのか。その母に中学生の私は、あの男の子たちのように優しく、

「どうしたの?」

とは、とてもいえないのであった。ぼんやりと、白々しい気持になるだけなのである。

「おかあさんは、かわいそうです」

と作文に書き、

「ママは、この世で一番えらいひと」

と心の底から思っていた私は、子供のように喜怒哀楽をすぐはっきりさせる母に、あるうとましさを感じ始めたのだった。

どうせ泣くなら、階段の上の女優の卵の奥さんのように嘘泣きをしたいと思った。人はそれでも、かえってあの男の子たちのように心配してくれるのである。

S氏がアパートの薄暗い玄関に立っているのをみたとき、いきなり汚い舞台裏をみられたという動揺があった。

「これまでのおかあさんと二人の生活を、ただ素直に書いてみて下さい」

近所の喫茶店でそういわれて、思わずうなずいてしまったのも、そのせいだった。あの女優の卵の奥さんのような嘘泣きの文章は書けないと思った。ただ、正直に書くよりほかないと観念した。

書き上がった文章は、少しもよいものだと思えなかったにもかかわらず、『新潮』に発表されると、かなりの評判を得た。すると、太宰とその愛人の間に生まれた娘の貧乏の記録という読み方をされるのが、急に気になりだした。

——私には、才能があるのだ。——

意固地なまでに、そう思うようになった。ともかくも、一ヵ月の間に百六十枚を書き上げたのだというおごりがふつふつとわいてきた。仔犬がお尻を叩かれて仕方なく走りまわったようにして書き上げたものだということを考えなくなった。仔犬の私のお尻を叩いたのは、S氏と母だった。薄暗い玄関に最初に立っていたS氏への感謝は持ち続けていたが、母への感謝はあえて忘れようとした。

「『生いたちの記』は、私の協力があったから書けたのです。空色のアルバムを参考にして書きなさいという私のアドヴァイスがなかったら、どうなっていたかしら?」

そんないい方を母からされると、もうむかむかしてくるのである。

「協力、協力と、恩着せがましくいわないでよ。みんな、私に才能があるといって下さるの。いわないのは、ママだけよ」

そういいながら、実のところ、これから書いていくという自信はないのだった。書くことがこわかった。

たとえどういった書き方をするにせよ書くという行為は、裸の心をさらすことになるのだと、「生いたちの記」を書き上げてはっきりとわかったのである。それよりも、あの女優の卵の奥さんのように両手で顔を覆って嘘泣きをしたり、あるいはにっこりと偽りの微笑を浮かべてみたいと思った。それを現実生活でやるには、いささかのためらいがあるだけに、女優になりたいと思ったのである。

「生いたちの記」は、いくらかの書き足しをすれば、すぐに一冊の本になるといわれた。そうなればまとまったお金が入って、新しいアパートに移れるのだった。トイレも台所も、お風呂もついている理想のアパートである。しかし、母のなんのアドヴァイスもなしに書き始めた原稿は、うまくいかなかった。でがらしのお茶のような文章になったことは、自分でもよくわかった。急いで本になる話は、そのまま立ち消えになった。

「これで、しばらく引っ越しはできなくなったわね」

母の一言に、私は大声をだすのだった。

「そうよ、どうせ私は文章を書く才能がないのよ。駄目な女なのよ、わるかったわね」

そのことがあってから、女優になりたいといっそうつよく思うようになった。女優として十分通用する可愛い女の子だとうぬぼれていたから、「生いたちの記」の作者として雑誌に紹介された写真の顔がまずく写っていると、すぐにまた、母に突っかかった。

「いやだわ、私こんな顔じゃない」

「あなたの顔に、変りがありません」

母からそういわれると、私は母に向ってその写真の載った雑誌を投げつけるのである。

アパートの階段の上で泣き真似をしていた女優の卵の奥さんの姿が、だんだんと私自身でもあるかのように思われてきたころ、階段のあたりに奇妙な臭気が漂うようになった。ほどなく、それは馬の脂の臭いだとわかった。新しく階段の下の部屋に、五十過ぎの父親とまだうら若い息子が入居してきたのである。東北から上京してきたという二人は揃って、近所の石鹼工場に勤めていた。石鹼は、馬の脂でつくられているのだった。その工場の近くで遊んでいると、工場の煙突から黒いけむりがもくもくと吐きだされてくることがあった。その臭いと同じだった。

山奥の小学校教頭といった感じのいかにも実直そうなその父親は、毎晩共同炊事場でイタメモノをしていた。何度も眼鏡をずり上げながら、たのしくてたまらないといった雰囲気でガス台に向っているのである。

そんなにも元気そのものだった彼が、ある晩急死した。まだ引っ越しをしてきて、一ヵ月もたっていなかった。

「おとうさん、おとうさん」

という息子の大きな声が、廊下伝いにきこえてきたときも、まさか死んだのだとは思わなかった。その後のあわただしい気配にそうとわかって、母と顔を見合わせた。母の顔は、私が中一時代、洗いものの茶碗を手にしたまま階段で足を踏み外して、右足骨折したときのように蒼白だった。

死因は、脳溢血らしかった。しかし、母は、その引き金となったのは、毎晩馬の脂でイタメモノをしていたからなのに違いないといった。高血圧体質のところへ、急に油脂を取りすぎたのがいけなかったのだと、語気をつよめていうのである。毎日、工場での勤めが終ると、彼はおみやげの馬の脂を、大切にアパートに持ち帰ってきたのだった。

「馬の脂をとりすぎていたのがいけなかったのよ」

初七日をすませて、息子さんがアパートをでてからも、母は無念でたまらないといった表情でいうのだった。母も血圧が高い方だった。

階段のすぐそばの部屋より死人をだしてからというもの、階段全体がいっそう暗さを増したように思われた。あのおじさんの思いがけない死は、彼と同年輩の母に少なからぬショックを与えたのだった。

「私も、食べものに用心しなくてはいけないわ」

と、しきりにいうようになった。私の心にも大きなショックがあった。もはや、階段の上にあのあこがれの女優の幻影をみることができなくなったのである。かわりに浮かんでくるのは、眼鏡をずり上げながらイタメモノをしているおじさんの姿であった。

「これで、女優になるという夢は、完全についえた」

なぜか、そんな気がした。

学校から帰ってくると、何もかもが面白くなかった。まず玄関に入るなり、共同トイレの臭気が鼻をついた。それは、梅雨の季節に入ると、特にひどくなった。洗面所と炊事場を通りすぎ、薄暗い階段を昇り始めると、もうにおってくるはずのない馬の脂の臭いがあたりに漂っている気がするのだった。

息をつめて部屋のドアの鍵をあけ、窓をあける。

「キーン」

「ゴーン」

という、いつもながらの向いの自動車修理工場の音が流れてくる中で、私は学校の帰りに駄菓子屋で買った大福をほおばるのである。大福は、一日置きの母の遅番の日に、毎日最低三個は食べていた。小学校のころより、母の遅番の日には夕食は会社の食堂でとらせてもらっていた。その食堂へいく時間までに、どうしてもお腹がすくのだった。

都立を落ちて入った私立の三流女子高校には、バスで通学していた。家の近くのバス停のすぐ脇に、おばあさんのやっている小さな駄菓子屋があった。すっかり顔なじみとなったおばあさんは、時折、他の餅菓子を一個、おまけしてくれるのである。それも、母に残すことなく夕食前に食べた。結局お腹は一杯となり、つい食堂へ夕食を食べにいく時間は遅くなった。

すでに母がもう一人の同僚のおばさんと白衣姿のまま食べ始めているところへ、私がのっそりと顔をみせるのである。

「今ごろ、何をしにきたの？」

母が大声をだす傍から、同僚のおばさんが私の御飯をよそってくれる。

いくらその後、夕食の跡片付を手伝ったところで、母の怒りはおさまらない。二人とも無言のまま、でこぼこのアスファルトの夜道を歩くのだった。

「悲しみの極《きわ》みよ」

ある晩、道を歩きながら母はいった。私はふと、自分が何かほめられたのではないかという気持になった。その声はいつもの説教をするときとは違って、あまりにも可憐な声に聞こえた。

「どうして、もう少し早くこられないの。あなたは、特別にお情けで食事を食べさせてもらっているのよ。朝だって、そうだわ。私が朝寝坊のあなたを呼びにいくなんて、中学のころには考えられなかった」

すべては、今年の春、『新潮』に「生いたちの記」を発表してから、悪くなったというのだった。一ヵ月の間にいきなり百六十枚を書くためには、随分と学校もずる休みをした。「急性腎炎」ということになっていた。じっと家にこもって原稿ばかり書いていて、何日かぶりに登校したら、

「顔がまるくなった、腎炎って、本当だったのね」

と友だちからいわれた。

ずる休みが成功してからというもの、確かに怠惰な生活を送ることが平気になってしまったような気がした。おまけに、百六十枚の「生いたちの記」は、評判がよかったのである。これ

から文章を書いていくという自信がない一方では、

「私は才能のある女の子だ」

と、どうしても思ってしまう。食事に遅れるぐらい、たいしたことではないと思えてくるのだった。

「今、私の会社での立場は、非常にわるくなっているの。わかるでしょう？」

母がいった。大和田の大叔父が親会社の社長をやめたことが原因しているのだと、すぐにわかった。

「そういうときに、娘のあなたがこの態度では、どうしようもないのよ」

夜道を歩きながら、そのとき私は明日からはちゃんと時間を守って食堂にいこうと思ったのである。それなのに、翌朝またしても起き上がれずに、母の呼びだしを受けることになったのだった。

私が盲腸の手術を受けるようになったのは、それからまもなくであった。起こるべくして起こった事態だといえたのである。神の報いという気がした。

私の入院した後、母が勉強机の中をあけてみると、見慣れぬ菓子袋がびっしりと詰まってでてきた。大福の入っていた袋である。店のスタンプが押されただけの白い紙袋を、私はどうということもなく、ずっとためていたのだった。

「あれをみたときは、びっくりしたわ。これですべてがわかったという気持がしました」

母は、私が退院してきてからも、繰り返しそういった。

「今日も暑かったわね」

早番の母が、ユデダコのような顔をして帰ってきた。

さっそく、ドアの入口に置いてある金ダライでからだをふき始めた。

「これなら、もう少し入院していればよかったわ」

一日も早く退院したいと、いい続けていたくせにそういった。母は返事をしない。暑くて、一言声をだすのも大儀なのかもしれないと思ったとき、いきなり母は話し始めた。

「一階の熱田さんの一番末のセールスマンの息子さん、昨夜、盲腸になって入院したんですって」

「そうなの、知らなかった」

「熱田さんは、お宅の治子さんの盲腸がうつったのではないかしらといっていたわ」

「そんな馬鹿な話、あるかしら。盲腸が伝染するなんて、はじめて聞いたわ」

といいながら、そういえば先ほど下におりたとき、小柄な熱田さんが何か恨めしげな目つきでこちらを見上げたのを思い出した。いつもおとなしい善良そうな目をしているだけに、気になったのである。

「でも、そういうことって、よくいわれているらしいのよ」

母がいった。ふいに、どうでもよくなってしまった。もう何も考えたくないという気持だった。

いつのまにか、向いの工場の音がピタリと止んでいた。ランニング・シャツの若い男の姿が、工場の二階の窓にみえた。母が昨年の夏のボーナスで買った扇風機の鈍い音が急にきこえはじめた。扇風機の風に、レースのカーテンの裾が揺れている。ふいに、風が下のトイレのにおいをはこんできた。病院にいるときも、夢にまででてきてうなされたにおい。どこまでもついてくるにおい。もうこのままこのアパートにいたら、からだのなかで盲腸がくさっていったように、からだ全体が駄目になっていくと思った。

「私、会社をやめるわ」

傍らでごろ寝をしていた母が、いきなりいった。

「あなたが入院してから、ずっと一人でこの部屋で考えていたの。とにかく、やめて、新しいアパートに移りましょう」

母の言葉にうなずきながら、トイレも台所も、お風呂もちゃんとついている、そんな二人の理想のアパートが窓の向うに蜃気楼のように浮かび上がってくるのを感じた。

マリーの雨

それまで二年間通っていた有楽町の事務所から東銀座の本部にまわされてまもなく、私は久しぶりに風邪をひいた。

熱がでて一日会社を休んだが、それからもせきが止まらないまま何日間かが過ぎた。心の風邪だと、わかっていた。社長のQ氏の考えで、いそがしい本部にまわされたのが、ショックなのだった。ずっと、有楽町の静かな事務所にいることができると信じていたのである。

「だれもこないときは、机の上で小説でもかいていて一向にかまわない」

社長のQ氏は、二年前の初夏、秘書兼雑用係として勤めることが決まった私にそういった。

実際、有楽町の事務所は、一種の応接室としての機能しか持っていなかった。週に一回か二回、彼が客をつれてやってくる以外は、いつもひっそりとしていた。

帝国ホテルのスイート・ルームと同じだという壁紙を使い、ふかふかの天津絨毯を敷きつめた部屋の中は、どこもかしこもまるで眠っているようだった。時折鳴る電話のベルの音も、その眠りをさまさなかった。ただひとりの同僚の黒川老人もコケシのような風貌そのままに無口であり、ドアの方に向いた机を前にしていると、私も眠り人形になったようにからだがだるくなる。とても小説は、書けないのであった。適度の用事もないということは、同じように他のこともやる気をなくさせてしまうものだとわかった。

「どうだ、治子ちゃん、少しは小説がすすんだかね」

一人でひょっこりとやってきたQ氏にそういわれると、うまく返事ができなかった。

「はい、まあ、ありがとうございます」

どんなにうろたえていっても、彼は決してそれ以上追及してこなかった。彼の頭にはいつまでも、作文の好きな小さな少女だったころの私が、生きつづけているように思われた。

かつてQ氏と私の母とは、目黒の同じ倉庫会社に勤めていた。母は食堂の炊事婦であり、一方、地方の高校をでたての彼は、トラックの相乗りを勤める傍ら、ボクサーを夢みてジムに通っていた。浅黒い引き締まったからだに、強い光のこもった大きな眼が印象的だった。まもなく彼は、社長の車の運転手となった。

母がアパートの階段から足を踏み外して、右足を複雑骨折したのは、私の中学一年のときだった。その一ヵ月後の退院の日、会社は特別に社長の車を差し向けてくれた。彼の運転する黒塗りの高級車で、炊事婦の母は四畳半のアパートへと帰ってきたのである。

「あのとき、治子ちゃんは、二階の部屋でお茶をいれてくれた。短いスカートの膝小僧をきちんと合わせて、いい子だった」

有楽町の事務所でお茶をのんでいるとき、彼は口ぐせのようにそういうのだった。私はといえば、そのことをぼんやりとしか思い出せなかった。それでもそれをいうときの相手の遠くをみるようななつかしいまなざしが、うれしかった。私もあの少女のころにかえったような気がした。

有楽町の事務所は、もとはといえば、齢九十近い元逓信次官の大和田の大叔父の事務所だったのである。それが二年前から、大和田の大叔父にとって彼の孫ほどに年が離れたQ氏との共同の事務所となった。大叔父の机は一応Q氏の机と並んでいたが、一ヵ月に一度、顔をみせればいい方であった。大叔父の紹介でこの事務所に勤めることになった私にしてみれば、もっと大叔父にきてほしいのだった。

この二年というもの、仕事らしい仕事をあたえられていないことにありがたさを感じる一方、いったいQ氏と大叔父の関係はどうなっているのか、さっぱりつかめないことにもどかしさを感じていた。そもそも、社名がそれぞれ違う数社の会社群をたばねるオーナーだと自らを称しているQ氏の正体もよくわからなかった。

アメリカのジョージア州で、日本のエノキダケを栽培して、彼の地のスーパー・ストアの店頭に並べるのが仕事だ、日米交流にもなるのだといくらきかされても、それはあくまで表向きのことに思われた。それよりも、その時期、現職の首相が現実に押し進めつつある「列島改造論」に、彼がかかわっているらしいことはおぼろげながらわかるのだった。日本全国に土地を持つ一方、大がかりな土地の買収に一役買っているようにも思われた。

彼は、当時、首相であった田中角栄という人物に心酔していたのである。田中首相に彼を最初に紹介したのは、どうやら大和田の大叔父らしかった。戦後はおとなしく化学会社の社長をつとめていたものの、実のところ郷里の大分から政界に打ってでようと本気で考えた時期もあったという大叔父は、政界に顔がひろかった。

Q氏にとって恩ある大和田先生の姪の娘ということを切りはなしても、彼は私に優しいように思われた。

「治子ちゃん、よい小説をかけよ。そのうち、俺の半生もかいてくれよ」

そういって、倉庫会社をやめてから妻と二人どのように苦労して、最初の会社をおこしたかを話すのだった。

「お金がもう本当になくてね、貯金箱を割っても、三百円ぐらいしかないんだ、それでも不思議と心は明るかったな」

彼が会社をやめるとき、私はもう高校生になっていた。彼は母のいる食堂の裏口から、そっと別れの挨拶にやってきた。そのとき、彼の頬の肉がくらくおちているのにびっくりしたのをおぼえている。

その原因がわかったのは、それからまもなくしてからのことである。彼は、同じ会社の年上の女性に恋をしていたのだった。

その美しい年上の女性は、長崎生れのワンマン社長のお気にいりでもあった。そのために二人は社長の怒りにふれ、会社にいられなくなったのだという噂だった。翌年、母もその会社をやめることになったとき、あの二人の姿が歌舞伎の道行きのように眼の前に浮かんできたのである。声もなく寄り添って会社の近くの細い道を歩いている二人は、どこか姉と弟のようにも感じられた。無口な印象の彼女も、大きな瞳をしていた。そのまなざしの中にふとかげりが感じられるのが、二人は似ているのだった。

大和田の大叔父につれられて、彼の東銀座の事務所を初めて訪れたのは、母が化学会社の独身社員寮の寮母をやめて、三ヵ月がたとうとしているころだった。偶然、満六十歳になった母の定年退職と、寮の閉鎖が重なったのである。大学を卒業してからどこにもいかずに、声優の勉強をしたり細々と文章をかいたりしながら寮母の母のアシスタントを続けていた私も、これからどうするというあてがなかった。とりあえず引っ越しした寮の近くのアパートで三ヵ月間、無収入で暮らすうちに、ついに退職金の五十万円にも手をつけることになってしまっていた。そんなある日、まだ大和田の大叔父に、二人の新しい生活を知らせていないことに気づいたのである。

それでも、大叔父に電話をかけたのはあくまで報告のつもりだけで、就職を世話してもらいたいという気持は、露ほどもなかった。これからの生活がどうなっていくのか、不安がある一方では、そのうち、なんとかなるという持ち前の呑気さが母の心にも私の心にも根付いていた。

「二人で、今、何をしているのか？」

電話口にでた、その年、米寿を迎えた大叔父の声は、実にしゃっきりとしていた。こちらが現状をいうと、すぐに彼の名前がでてきたのである。

「Q氏をおぼえているだろう？　今度、一緒に有楽町に事務所をひらくことになった。『治子ちゃんは、どうしていますか』と、しきりになつかしがっているぞ。明日、彼の東銀座の事務所にいくことになっている。どうだ、少し顔をみせてやってくれないか」

そのとき、あの美しい二人の道行きの場面が浮かんだのである。

十年ぶりに再会した彼は、人違いかと思われるほど貫禄がついていた。組事務所にずっしりと坐っているその道の親分、という感じであった。

「治子ちゃん、久しぶりだなあ」

若いころには、当時一世を風靡した『黒い花びら』をうたう水原弘の低音にそっくりだといわれた声も、親分にふさわしくしわがれてきこえるのだった。

玉虫色のやけに光る背広に身を包み、金色のメタルのフレームの眼鏡をかけた彼の頬はすっかりふくらんでいて、どこからみてもかつての飢えたアメリカ狼のイメージはなかった。

彼の頭上には、今をときめく首相の大きな横書きの書が飾られていた。習字の手本のような字だと思った。その横には首相と彼が二人だけで笑って写っているカラー写真が同じように額に入って飾られていた。写真の彼も、やはり玉虫色の背広に身を包んでいるのだった。

「そのうち、でかいことをやる」

と同僚や食堂のおばさんに繰り返しいっていたという彼は、ともかくも三十半ばにして、自らを社長と呼ばせる立場になり、首相とさも親しげに肩を並べて写真におさまっているのだった。もし、母に、この書と写真をみせたら、どんな顔をするだろうかと思った。母は、田中首相が土地をもとにしてお金をもうけているのは間違いだと思うと、つねづねいっていた。

「土地は、お天道さまの下で平等であるべきよ。その土地をころがして、お金をもうけては、お天道さまはおゆるしにならない」

その母の言葉を思い出しながら、そういう仕組みの元締めの心酔者を前にして笑みを浮かべつづけている自分はどうかしていると思った。

「俺の今日《こんにち》あるは、大和田先生との出合いのおかげだ。先生、感謝してますよ」

私の隣の八十八の大叔父は、くぼんだ眼をさらにひっこませるようにして笑っていた。戦前の官僚として人にぺこぺこされていることになれていた大叔父は、自分にも他の人と変わらずそんなぞんざいな言葉づかいをする彼に、新鮮な魅力を感じているのかもしれなかった。

大叔父と一緒に彼にあうということを、三軒茶屋で開業医をしている母のいとこに電話で話した。

「大和田の叔父さんは、彼にすっかり利用されているのにそれに気づいていない。こまったものだ」

彼は、そういったのである。大叔父は、シェイクスピアのリア王のように思われた。たとえそうであっても、大叔父が今、こんなにも幸せな気持でいるのならそれもいいではないかとふと思った。

「有楽町の大和田先生と俺の事務所に、ぜひ治子ちゃんにきてもらいたい。そこで、好きな小説をかくといい」

彼の言葉に、私は大叔父の笑顔をみながら自然にうなずいてしまったのである。そのときは、田中角栄の書も写真も私の眼中から消えていた。ただ、久しぶりに再会した彼へのなつかしさがあった。

「治子ちゃんは、少女のころと少しも変わらない」

といわれて、

「私はわかりませんでした。別人のよう」

再会してすぐにそう切り返せる親しみを彼に感じてもいた。頬はどんなにふくらんでも、眼鏡の奥の大きな瞳はよくみると昔のままのように思われるのだった。

「奥さま、お元気ですか？」

ときくと、

「うん、もう二人の子持ちだ」

彼はうれしそうに答えた。

蒲柳《ほりゅう》の質に思われた彼女が、三十半ばにして次々と二人の子のおかあさんになったという話は、なんとも微笑ましく感じられた。

「おかあさんは、どうしている？」

ときかれて、今までのことをありのままにいうと、いきなり彼はソファの下にしゃがみこみ、手提げ金庫をあけだした。

「これは、仕度金だ」

いつのまにか目の前の机の上に、一万円の札束が置かれていた。

「なに、たいした額ではない。二十万円」

大叔父の顔をみると、「いただきなさい」というようにうなずくのだった。

「ちょうど、渋谷に事務所としてかりておいたマンションが空き部屋になっている。そこに移れば、家賃はただになる。運送屋はこちらで手配するから、早速移るといい。おおい、あのマンションの鍵はどこにあったかな？」

彼はそういって隣の部屋の秘書嬢を呼ぶのだった。

こちらがあっけにとられているうちに、今月中には引っ越し、来月から有楽町のビルに出社ということが決まってしまった。

「願ってもないことじゃないか」

大叔父にいわれて、私は初めてこのことを母はどう思うだろうかと考えて少しぼんやりした。

家に帰ると、母は大声を上げて、怒りだした。かつての同僚の彼へのなつかしさは別にして、土地でもうけているらしい会社に私がいくことはないといった。

「そんなところへいくよりも、二人でお手伝いさんになりましょう」

私は嫌だった。美しいビルの十階にある事務所は、丸の内仲通りにも面していた。朝の通勤電車に揺られて、丸の内にお勤めにでるのは、寮母の母のアシスタントをしているころからの密かな夢であった。

「でも、仕度金をいただいてきちゃったわ」

というと、母は、

「お金」

とさも軽蔑したようにいったのである。さらに、

「会社のお勤めに、仕度金なんかきいたことがないわね。あなたは、その程度のお金に目がくらんだの？」

「そうじゃない」

といいながら、確かにそういうところはあったような気がした。机の上の札束をみた瞬間、何ともいえずうれしかったのである。この三ヵ月、月に何度となく銀行へお金をおろしにいった。気のせいか、窓口の女の子はだんだんと無愛想になってくるように思われた。アパートの大家さんは、未亡人の郵便局長だった。郵便局の裏が、アパートになっていたのである。引っ越してきた当初、二人はいいところをみせようと思って、母の退職金の五十万円をそっくり預金した。それが、先月は全額、隣の駅の見知らぬ郵便局でおろすはめになったのだった。

寮母をしているころも、その気になれば貯金はできたはずだった。寮生のおあまりを食べて、食費を浮かすというやり方もできないことはなかった。しかし律義な母は寮生からあずかった食費は目一杯つかうばかりか、月によっては赤字大サービスをすることもあった。

「寮生と円満にゆくには、まず何よりもおいしいものをたっぷりと食べてもらうことよ。どんないい寮生でも『おばさん、食費を浮かしているんじゃないか』と一度ぐらいは考えるものなの。それを、決して考えさせないのが円満の秘訣です」

実践女子専門学校一年のとき、しばらくの間、寮生活を送っていたから、それがわかるというのである。

確かに貯金はできなかったかわりに、寮生とはおしなべてうまくいった。それは、何よりも幸せなことであった。

二人でアパート暮しを始めてからは、寮時代よりはるかに粗食となった。スーパーで買うマトンの朝鮮漬とトウフが、何よりのご馳走だった。貯金をしようという気がまるでなかったから、寮時代には昼間も平気でよく二人で寿司の出前を取った。お菓子も果物も、思いきり食べた。それこそ家も土地もないのに、食べるものだけにはたっぷりとお金を使っていたのである。アパート暮しを始めて一番骨身にこたえたのは、七万近い家賃だった。寮母の生活では住宅費はかからないということを、七年の間に忘れるともなく忘れていた。

「渋谷のマンションに移れば、家賃がいらなくなるのよ。一度、マンションに住んでみたいと、ママもいっていたでしょう」

Q氏におめみえしたその日のうちに、気乗りしない感じの母を無理に誘って、渋谷のマンションの視察へとでかけたのである。

渋谷の神山町という町名から、どんな高級住宅街にあるのかと思っていたところ、宇田川の歓楽街に程近い雑然としたバス通りに白い四階建てのマンションは建っていた。

「お妾さんの住むマンションの感じね」

白いベランダを見上げながら、母はいった。私は、思わず笑ってしまった。彼から二十万の仕度金をもらったとき、なんだかお妾さんになるような気持になったのだった。絶対にそんなことになるはずはないと思いながら、そうなったときのことを妄想した。

マンションに移ってきてからも、母は当時の首相の悪口をいい続けていた。

「最近の彼の顔を、新聞でよくごらんなさい。まるでお天道さまに挑戦するようにあごを上げている」

それは、住まいへの悪口にも重なっていた。

「もういや、こんなところにいたくない、ここにいると、私までお天道さまに顔を向けられなくなる」

母は街にでた野ウサギのようにおびえた気持で毎日をすごしているというのだった。野ウサギの母は、昼過ぎになると寮母時代と同じナイロンの買物袋を手に毎日デパートの食品売り場へとでかける。渋谷のふたつのデパートまで、歩いて五分という近さだった。

サンダルばきで、ふたつのデパートの食品売り場をはしごするのは、母にとって恰好の息抜きとなっているらしかった。一方、代々木の森が思いがけない近さにあることも、野ウサギはうれしがった。

「一日も早く、このマンションをでましょう」

といいながら、渋谷の街中のマンション暮しは、野ウサギの母にとって、毎日新鮮な驚きがあるようだった。

「宇田川の裏通りにある二階建てのマンションのベランダに、いつもプードルが顔をのぞかせているの。私が下を通ってもつんとすましているだけなのに、男の人が通ると興奮してくるくるとベランダをまわるの。プードルの孤独なダンス」

野ウサギの母が、それをじっと見上げている光景がはっきりと浮かぶのだった。母は、バス通りを一本外れた、小さな食べもの屋や酒場が並ぶ宇田川の裏通りを通って、デパートの食品売り場へいくのだった。裏通りには、子供たちがあまり乗らないブランコがあった。

「今日、買物の帰りに急にブランコに乗りたくなって、一人で乗っていたら、小さな男の子が近づいてきて、『おばちゃん、どこからきたの？　お家、どこ？　頭、おかしいの？』ってきくの」

思わず笑うと、母は急に真面目な顔になって、

「これ以上、ここに住んでいると、本当に頭がおかしくなります」

といった。

会社が休みの日に、母と私は、どの店も入口をしめたひっそりしたその通りを歩いていた。

「あのあごを上げた男性は、お天道さまに代わってゆるしません」

母は突然大きな声でそう叫んだかと思うと、勢いあまってころんでしまった。両手を突いた母は、すぐに起き上がった。まるで明治の憂国の士のようだと苦笑しながら、母の怒りがよくわかるのだった。Q氏が、土地でお金をもうけているらしいことに、どうしてもこだわりがあった。

それを知らぬふりをして勤めつづけているのは、文章を書いていく自信も、声優になれる自信もないからだった。このように楽な勤め方をさせてくれる会社が、他のどこにもないこともわかっていた。これからどうなっていくのだろうという不安は、郵便局の裏のアパートに住ん

でいた、職のなかったころよりも強まってきていたが、それをなるべく考えないように努めた。勤めて一年後に、事務所の入口の大和田事務所のプレートは外され、Q氏の名前だけの事務所になった。大叔父はもう、滅多に事務所に顔をみせなくなっていた。それでも、Q氏は変わらず私に優しかった。お茶をだしても指一本触れるようなこともない。

「向島に、ちょっと治子ちゃんに似た芸者がいる」

そんなことを、お茶を飲みながらぽつりというだけだった。

それだけに、突然の東銀座行きの話はショックだったのである。Q氏の秘書の森野嬢を通してその話をきいたのは、十月の雨のはげしい午後だった。その日、私は有楽町の事務所宛てに届いた手紙を持って、雨の銀座を東銀座の事務所まで歩いた。

「社長が、太田さんに来週からこちらへきてもらうようにといわれたわ」

雨でぬれた洋服をふいていると、秘書の森野さんが、いつものソプラノの声でいった。森野さんは、「本当なのよ」というように、大きな瞳でじっとこちらをみつめていた。その瞳は、いつもよりずっとQ氏に似て感じられた。森野さんは、経理の仕事をしながら、Q氏や来客の接待をしているのだった。私がくれば、どんなに楽になるかしれなかった。今まで、私のこなかったのがおかしかったともいえた。

「いいじゃないか。こちらへくれば、毎日おいしいおやつを食べられる」

私の横に坐っていたQ氏のお抱え運転手の青年がいった。いつだったか、私に似ているという向島の芸者さんの写真をみせてくれた青年である。

「そんなことといって、彼は治子さんの顔をみるのがたのしみなのよ」

森野さんはすっかり優しくなっていたが、胸の衝撃はおさまらなかった。毎日ざわざわと目のまわるような忙しさになることは、目にみえていた。

「あの、それでは有楽町の事務所は黒川さん一人になるのでしょうか?」

やっとの思いできいた。

「ええ、あちらは黒川老人にしばらく一人でいていただくことになりそうよ」

実際、週に一度か二度、最近は滅多にお客をつれずに一人でやってくるようになっていたQ氏にお茶を入れる役目は、黒川老人が適役だという気がした。彼は、コケシのように、直立不動でお茶をだすだろう。

「私、スペイン語の勉強を始めたばかりなんです」

泣きそうな声でいった。

ビルの同じフロアーで、スペイン語の講習会をしていた。講習会の主催者は、コロンビアからコーヒー豆を輸入している貿易会社の社長だった。いつもにこにこと笑いかける血色のよい社長は、ある日、廊下で私を呼びとめると、

「あなたは若い、ひとつスペイン語を勉強しないか。将来、マドリッド大学に留学できるよう

紹介するよ」

といった。思わず、涙がでた。二十七の私は、まだ若かったのだということに初めて気づいた思いがした。眠ったような事務所でじっとしているうちに、私の若さも眠っていたのだと思った。これからの可能性を、未知のスペイン語にかけたいとふいに思った。

「スペイン語の勉強を始めたらしいことは、社長からおききしたわ」

森野さんの落ち着いた声に、すべてがわかったという気がした。

先週、Q氏がひょっこりみえたときに、私は机の上にスペイン語のテキストをひろげていたのである。彼は、しばらくそれをだまってみつめていた。

「ここにきても、スペイン語の勉強はやってもいいのよ」

森野さんはいったが、それは無理なことだと思った。

「朝きたら、すぐに神棚とお花の水を取り替えて、それから週に一回は忘れずに田中先生の書にもハタキをかけてね」


せきがどうにか止まった日曜の夕方、母と渋谷の裏通りを家に向って歩いていた。デパートの裏口から続くその通りは、一見それとはわからないひっそりした連込みホテルが並んでいる静かな通りだった。

「今度、ピアノを買いたいと思うの」

いきなり母がいった。

「ピアノですって」

思わず、大きな声になった。

「二千円のグランド・ピアノよ。昨日、デパートのおもちゃ売場でみたの。あなたが会社にいっていないときに、ひとりでひくの」

「よかった」

笑うのは、久しぶりのような気がした。小学五年のとき、母のボーナスで小さなおもちゃのピアノを買った。カール人形を膝の上にのせて、会社からの母の帰りを待ちながらひいたピアノの、少し調子外れの音がなつかしかった。

「東銀座に移って、毎日忙しくて大変ね」

仕事が忙しくなるとともに、私はスペイン語の勉強に俄然熱中しだしたのだった。スペイン語の講習会には、たとえどんなに遅刻しても欠かさず出席していた。その一方では、少女のころの思い出のようなものも書きだしていたのである。

「『マリーの雨』というお話を知っている？」

と母がきいた。

「知らないわ。どんなお話なの？」

「ハンガリーのお話。マリーは、娘をこの世にのこして死んだおかあさんの名前。若いころに男にだまされて苦労したマリーは、娘を誘惑しそうな男をみつけると、空の上からきらきらとこがね色の雨をふらせるの」

「いいお話ね」

そういいながら、ふと母が死んだときのことを考えた。思いきり、泣きたい気持になった。

「ママは、いつも私のそばにいて、私を守ってくれるのね」

昨日、突然森野さんから、もうすぐこの東銀座の事務所は、太田さん一人になるらしいと聞かされた。Q氏が、そういったというのである。森野さんは、グループの別の会社にいくという。いったい、これからどうなるのか。

「二人でお手伝いさんになることも、もう一度考え直すのよ」

母が明るい声でいった。夕焼けの中に、マリーのこがね色の雨がふりだしたような気がした。

静かな空

横浜のかもめ団地に引っ越すことを母と話し合ったのは、十二月初めの宵であった。その日の夕刊に、日本住宅供給公社、賃貸住宅の空屋入居当選番号が発表されたのである。十月末に早々と申し込んだかもめ団地は、競争率が〇・九倍、無抽籤の全員当選であった。他の団地は、多いところが四百倍、二百倍という倍率なだけに、いささか拍子抜けの気持はあったものの、悪い気はしなかった。母も長い間持ち続けていた風邪がどこかへいったようにはずんだ声で、

「けさ、ベランダに今までみたことのない鳥がきて、うめもどきの赤い実を突っついていったの。尾の長い、薄茶色の、嘴《くちばし》のとがったとても賢そうな顔をした鳥。そういえば、かもめに似ていた」

といった。

「そうね。かもめが一足先に、当選を教えにきたのかもしれないわね」

というと、母はうたうようにいった。

「明日は、太田きさ様のご命日」

終戦の年の十二月六日に、太田きさ様は母にみとられながら疎開先の神奈川県下曽我の山荘で息を引き取った。去年が、ちょうど三十三回忌であった。

「私、なんだか、けさみた鳥が、太田きさ様だったような気もするの。太田きさ様が鳥になって、一足先にかもめ団地にとんでいったのかもしれない」

アルバムの中の鶴のようにやせた晩年の太田きさ様の顔が浮かんだ。あの太田きさ様がそのまま背中に翼をつけて、空をとんでいるのだと思うとおかしかった。

「あなたがお腹の中にいる時、翼のついた天使のような太田きさ様が夢にあらわれたの。『まあ、生きていたの』と思わず声をかけると、きさ様はにっこり笑いながら私のお腹を指さして、『私はここにいます』といわれたのよ」

下曽我で妻子ある作家の子をみごもっていた母は、その夢をみてからというもの心が明るくなったと話すのだった。

太田きさ様の三回忌が間近に迫った十一月十二日、母にいわせるとソラ豆のようにふくらんだ顔をした赤ん坊の私が生まれた。

「あなたは、太田きさ様の生れ変りなのよ」

そういわれると、私は母の娘であって、一方母親でもあるのだという妙に落ち着かない気持になる。

「あなたの目の中に、太田きさ様が私を、『しようがない子』と思っていた冷たさを感じる」

そういう時の母は、古いアルバムの中の幼女の頃の顔そのままに唇を突きだしていた。

かもめ団地という名前に、かもめのとびかうロマンチックな海のイメージを抱いた母は、団地のある港南台という駅の名前も、気にいったといっていた。地図でみると、横浜・大船間を走る根岸線のほぼ真ん中に、港南台は位置していた。北鎌倉は目と鼻の先である。この数年の間に山を切り開き、急に開発がすすんだ地域らしかった。山伝いに海に向っていけば、二十五年前にふたりが過ごした葉山もそんなに遠くはないように思われた。母と私は迷うことなく、かもめ団地への申し込みを決めた。

今、住んでいる渋谷のマンションの契約更新が、来春早々に迫っていた。それまでに、なんとか新しい住まいに移りたいというあせりがあった。いつのまにか、歓楽街に近いマンションの二階に住むようになってから、五年の月日が流れていた。

最初は、社宅というかたちで住まわせてもらっていたのである。満六十歳で寮母を定年退職した母に代わって、今度は二十五歳の私が毎朝有楽町の大和田の大叔父の事務所へ勤めにでかけた。二年後、当時大叔父と仕事の上で密接なつながりのあったQ氏の東銀座の事務所へ移された。それ以来、帰りの渋谷駅からマンションまでの道のりがとても遠く感じられるようになった。実際は、ゆっくり歩いても十分足らずの道のりなのである。銀行への使い走りやお茶碗洗いなどに追われる毎日が続いていた。もっとやりがいのある仕事につきたいという気持がいつもあった。

東急デパート本店の前を通り過ぎ、家に向ってバス通りを歩いていると、ふいにNHK放送センターの屋上のアンテナのあかりがみえてくる。あんなところにお勤めできたらどんなにいいだろう、と思った。NHKの点滅するあかりは、明るい星のように感じられた。

それが突然、NHK教育テレビの新番組『日曜美術館』の司会アシスタントのオーディションを受ける話が起こったのである。母よりはるかに年若い友人の御主人のIさんが、他の教育テレビの番組のデスクをしていたのがきっかけだった。二月の中旬、家に初めてみえたIさんになにげなく絵が好きなことを話した。そのときは、彼自身も、『日曜美術館』の司会アシスタントが決まりかねていることを知らなかった。

Iさんに、私はまだ御縁がないということ、NHKによい方がいたら紹介していただきたいと話した。数日後、Iさんから電話があった時も、てっきりそちらの話かと思った。オーディションといっても、NHKの中の喫茶室で三人の番組担当ディレクターと話をしただけのことだった。話しながら、少しも緊張していない自分を不思議に思った。

「おもしろい番組になりそうですね」

といって、にっこり笑ったとき、三人のディレクターも同時に笑い、私は明るい予感がした。

翌日、Iさんから事務所に、パスしたという電話がかかった。

その日の夕方、私は東銀座から新橋に向う歩道橋の上に立って、一人長い間夕焼けに染まる東京タワーをみていた。東銀座に移されてから、私はいつもこの夕焼けをみながら泣きたくなっていた。大叔父の紹介とはいうものの、土地でもうけているらしい会社に勤めていることが情けなかった。冬のある朝、一人早く出勤するとコート姿の紳士が五、六人、ドアの前に立って私を待っていた。国税局が脱税の調査にきたのだとわかって、ほっとした。警察かと思ったのである。

「お嬢さんがこんなところに勤めちゃいけませんよ」

次々と調べられる書類の中に、私の履歴書があった。それに眼を走らせながら、一人の局員がいった。コート姿のままで、しゃがみこんで黙々と書類を調べ上げていく彼のこんもりした背中は、いかにも人のよいおとうさんにみえた。

当時通っていたスペイン語の教室にウルグアイから帰ってきてまもない女性がいた。ウルグアイは気候も温暖で、南米で一番の福祉国家だという。

「とても住みやすいところよ」

と教えられて、私はいつの日かウルグアイにいきたいと思うようになった。思いきって、そこで生活したかった。日本をはなれたいという思いが、そのころしきりとした。かつては本もだし、太宰の娘としてそれなりに名前も知られていたということが、ひどくわずらわしく思われた。そのすべてから、逃げだしたかった。銀行へ使いにいくたびに、私はウルグアイ大使館に電話をかける。でたためしはなかった。電話帳で調べたそれは、間違っているように思われた。そのことに、私は内心ほっとしてもいたのだった。どうしてもいきたいと思う一方で、そんな勇気がないこともわかっていた。

そんな不甲斐ない女を、夕焼けはいつも優しく包んでいた。夕焼けの中の東京タワーは、幼い日に私を抱きしめた母のようになつかしく感じられた。

オーディションにパスが決まると、すぐに会社は、向う一年間休職扱いとなった。給料はでないかわりに、NHKの西口から歩いて三分という願ってもない近さにあるマンションに一年だけ特別に住まわせてもらえるようになったのである。大叔父がQ氏にわたりをつけてくれたおかげだった。

このことは、新米のアシスタントにとって何よりも有難いのだった。番組が始まってしばらくは、ほとんど毎日のようにNHKへでかけていった。日によって、格別の打ち合せはなくても、ディレクターやパートナーのKアナウンサーの顔をみるだけで仕事をしているという実感がわいてくるのだった。

番組が始まって九ヵ月目の、その年の太田きさ様の命日に、東銀座のQ氏の事務所から電話がかかった。今月中にマンションをでるようにという。来年一月が、二年ごとの契約更新月になっているのだといきなりいわれても、年の暮れによい家がみつかるとは思われなかったし、第一、引っ越しするだけのお金がなかった。いくら家賃がただだったからといって、その分給料は安かったのである。母の寮母をやめるときの退職金の五十万円は、とっくに使いはたしてしまっていた。

「うれしいわ。ようやくこのマンションをでられるのね」

母は、こちらが何もいわないうちにすべてを察したらしかった。

「いつまでもこんなところにいてはいけないと、太田きさ様が教えて下さったのよ」

母はいつのまにか、仏壇の前に手を合わせていた。

土地でお金もうけをするQ氏のつながりのあるマンションに住むことを、母は最初からいさぎよしとしていなかった。

「さあ、あなたも仏壇の前に手を合わせなさい。それから家探しにでかけましょう」

家の近所の不動産屋のライトバンで最初に案内されたのは、東横沿線の都立大学駅から近いプレハブアパートの二階だった。まだ入居中だという部屋に入ると、敷き乱れたままのふとんの上には、男物の黒い靴下やワイシャツが散乱していた。枕許のガラスの灰皿に、煙草の吸殻がもりあがっていた。ごく当り前の独身男性の部屋の乱れように、私はいいしれぬショックを受けた。部屋の中の乱れが、これからの家探しのむずかしさを暗示しているという気がしたのである。

帰りの車の中で、母は青い顔をしていた。

「車に酔ってしまった」

ハンカチを口許に押しあてたまま、小さい声でいった。あの部屋をみて、母も同じようなことを考えたのに違いなかった。

「久しぶりに、車に乗ったものだから」

家にたどりつくと、母はそれだけいってすぐに横になった。

いつもの命日なら、太田きさ様の写真を前にして次から次へと母の思い出話が始まるのだった。

「太田きさ様は、決して声をあげて笑わなかった。いつも微笑むだけ。そんなのつまらないと思うでしょう?」

すぐに大きな声で笑う自分とは、対照的だったというのである。

母がしんと静かになってしまったこういう晩こそ、空の上の太田きさ様の柔らかな笑い声をききたいと孫の私は思うのだった。「静子はこまったおかあさんですね」ふと、太田きさ様の声がきこえてきたような気がした。

「強気のようでいて、本当はとても気が弱いのです。あなたが守っていてあげて下さいね」

その翌日も母は、

「頭がふらふらする」

といって、ふとんの中でじっとしていた。お金のことを考えているのだと思った。引っ越し代、敷金、権利金、一ヵ月分の前家賃合わせて少なくとも三十万円がなければ、昨日みた程度のプレハブの2Kのアパートにも引っ越せないのだった。その三十万円がなかった。

「三十万円がないなんて、だれも思わないでしょうね」

母がいった。毎週違う洋服でテレビに出ていれば、少しはお金があるのではないかと勘違いされる。ブラウン管では、バーゲンのナイロンのブラウスでも、絹のブラウスのように映るのだった。


「お仕事は、なんですか」

一人で駅前の不動産屋へいくと、太った女主人から開口一番そうきかれた。

「NHK教育テレビの美術番組の司会アシスタントをしています」

というと、とたんに愛想がよくなった。こちらが何もいわないうちに向うが差し出す物件は、どれも七万、八万のマンションばかりだった。

「四万円台の木造アパートはないでしょうか」とは、どうしてもいえなかった。

ある日、ふいに、どこにも引っ越しはせずに、一月からはこちらが家賃を払うということですむのだとわかった。まとまったお金はなくても、月々に払う八万円の家賃はＮＨＫの毎月の報酬と、母の厚生年金からなんとかだせるのだった。契約更新、名義書換に備えて必要なお金は、大叔父のポケット・マネーからでた。

「なんのかのといったって、結局大和田の叔父さまに助けていただくのね」

契約更新をすませた晩、私は母にいった。

「大和田の叔父さまがこうやってお助け下さるのも、すべては太田きさ様のお蔭です」

太田きさ様は亡くなる数時間前、見舞いにきた弟に向い、静子をよろしく頼むと手を合わせて頼んだというのである。

早くに亡くなった両親に代わって小さい弟二人の面倒をみていたきさ様が、同じ大分県宇佐郡安心院《あじむ》村の太田医院にもらわれてきたのは、わずか十二歳の時だった。その時、新郎は大阪の医学校で勉強中の身であり、二人が一緒になったのはそれから足かけ五年も先のことだった。やがて近江の愛知川で開業した太田医院に、三高の学生となった大和田の大叔父が足繁く遊びにきた。三高の制帽姿のりりしい大叔父に、幼い少女であった母はある恥ずかしさをおぼえていたという。

母にとって、大和田の大叔父は初恋の男性、といってもいい存在だった。

京大卒業後、弁護士になった大和田の大叔父は、その後逓信省に入り、逓信次官をしばらく務めた後に戦時下の化学会社の社長に転身した。太田きさ様が夫の死後ただちに愛知川の太田医院を畳んで上京したのは、ちょうどそのころだった。当時、東芝の社員のKさんと大森で新婚生活を送っていた母は、夫を愛せないことに悩んでいた。女の子を生むが一ヵ月足らずして病死、そのあとKさんと別れた母は太田きさ様と目黒の大岡山に住むようになったのである。

「あのころは、お金がどんどんとなっていた。それでも、銀座の洋裁学校に通ったりして、大和田の叔父さまにも、平気でお金をいただいていたの」

「なんて、虫のいい暮し方かしら」

といいながら、三十万円のことを思うと今の二人とあまり変わりないようにも思えるのだった。

東京を離れて、下曽我の山荘に疎開するようにはからったのも大和田の大叔父だった。疎開の話は、十一月の末に急に起こったという。

「最初、叔父さまは、『静子はどうするか？　一緒にいくのか？』とおたずねになったのよ。その時は、どうしてそんなことをおききになるのかしらと、少し不思議に思ったけれど、あとでわかったところによると、叔父さまは密かに私に、お見合いをさせるおつもりがあったらしいの」

母の話に、縁談の話のひとつもない私は、かすかな苛立ちをおぼえた。テレビにでるようになったら、どんないい話がくるかと思っていたのである。

「ママはいいわね。一度結婚に失敗していても、大和田の叔父さまはちゃんと次の結婚のお話を考えて下さっていた」

「あなたは、これからじゃないの」

「ちがうわ。私は結婚できないかもしれない」

「ママのいるせいよ」とその後を心の中で叫んだ。外から帰ってきて、ドアのブザーを鳴らしても耳が遠くなりかけた母はなかなかでてこないことがある。そんなとき、ふと母は死んでしまったのではないかと思うのである。すると不安にかられるよりも先に、奇妙な心ののびやかさを感じる。

「あなたは、私が死ねばいいと思っているのでしょう」

いきなり母がいった。

「そんなことない」

とあわてていいながら、母が私の心を見透していたことにかえってほっとした。

「大丈夫。安心しなさい。私はあなたの世話になる気はありません。ちゃんと、考えていることがあります」

母は、いかにも自信たっぷりにいうのだった。

あれから、二年の月日が流れていた。母が考えていることとは、一体なんだったのか、私にもだんだんとわかるようになっていた。母は幼女のころからのつれづれの思い出を、小説にまとめてみたいと思っていたのである。幼女のころの大叔父へのあこがれに始まり、太宰との出合いまで、書くことはいっぱいあるように思われた。本になれば、お金が入り、私にも威張って二人して新しいマンションへ移ることができると考えたのだった。しかし、それはうまくいきそうにもなかった。もともとお金のために文章を書くということは、不得意なのであった。書きすすむにつれて、いささかの思い入れもなく、ただ事実だけをメモのかたちにして娘の私に書きのこしたいという気に変わってしまった。

「何かお金もうけをしたい」

お金はきらいだという一方では、母は口ぐせのようにそういった。二年前に自分の力で三十万円が用意できなかったことが、日が経つにつれて口惜しく思われるらしかった。

「マンションの真ん中の部屋を、地方から上京する身許確実のお嬢さんの宿舎につかっていただくことはできないかしら」

いきなり、そんな突拍子もないことをいいだすのである。

「それは、又貸しよ。大家さんに叱られるわよ」

というと、

「そうね。それならいっそのこと、ここを文化教室にできないかしら。近所の奥さんやお嬢さんを集めて、作家や音楽家の先生のお話をきくの」

「こんな汚いマンションに誰がきてくれるものですか」

思わずいってしまって、母の表情が少しも変わらずに生真面目そのものなのにおどろいた。

何気なく目にした二年前の母の日記帖に記されていた言葉が浮かんできた。

「十一月七日、頭フーッとした感じ、きのうふとんの中で、貧しいこんなママでごめんなさいと泪ぐんでいた」

母は一度も娘の私に面と向って「ごめんなさい」といったことはなかった。明らかに母が悪い場合でも、

「親は子供に、あやまらなくてもいいのよ」

と、すましていい続けていただけに、意外に思われた。

「ママは、お金もうけなんか似合わない。私の仕事のアドヴァイスが一番似合っている」

私は、何度も繰り返しいった。『日曜美術館』の仕事と並行して、私はあるPR誌に毎月短篇を連載するようになっていた。母のアドヴァイスは、いつも正確だった。

結局のところ、母は、娘に養ってもらうということを、いさぎよしとしていなかったように思われる。それよりも、娘のためにもお金をつくることで、母親としての威厳を保ちたかったところがあったのではないだろうか。

かもめ団地の申込み用紙をポストに投函した翌日、机に向っていると、いきなり母が入ってきた。手に朝刊を持ったまま、黙って立っている。

「どうしたの」

というと、母は急にあわてたように新聞をひろげて話しだした。

「当ったのよ。新築の公団住宅の募集があったから、あなたに黙って申し込んでおいたの。それが、当ってしまったの。けさの新聞に当選番号がでていたの」

「場所はどこなの」

「八王子の橋本団地。きっといいところだと思うわ」

「どうして、申し込みするのを、前もって教えてくれなかったの」

私は声を荒げていいながら、新聞の橋本団地の欄をみた。競争率は、二倍弱であった。なぁんだと思った。

「新築というところが気にいったのよ。新築なら、ゴキブリがいないわ」

母は、ゴキブリを目の敵にしていた。夜中にいつも一度は、母が、ハエタタキを持って台所のゴキブリを追いかける物音に目をさますのだった。

母は、これから八王子の橋本団地にいこうといった。風邪のせいか、顔色が青く沈んでみえた。

「明日にしたら?」

というと、

「大丈夫。風の冷たくならない夕方までに帰ってくればいいのでしょう」

母はすでに黒いコートに着替えていた。

渋谷から橋本団地へいくには、東急田園都市線で長津田まででて、そこから八王子行きの横浜線に乗るのが一番早いように思われた。横浜線の長津田駅ホームには、電車がなかなかこなかった。

「遅いわね。これでは、NHKの録画のある夜は心配だな」

何気なくそういうと、母はつよい口調でいった。

「いいわよ。橋本団地は、私が一人で住むの。あなたは結婚しなさい」

このことばは、痛かった。九月に、『日曜美術館』の仕事は来春三月までといわれてから、それまで以上に結婚について考えるようになっていた。結婚が、いちばんの生活の安定の途のようにも思われた。文章は書いていても、本にする話はひとつもなかった。

目の前に、番組作りに熱心な独身ディレクターがいた。テレビの仕事が来春までとわかった数日後、数人のディレクターたちとお酒を飲んでいたときのことである。

「太田さんはばかだ。大ばかだ」

とその独身男性にいわれた。どうしてそんなことをいわれたかわからないままに、私は感激した。彼は私を好きなのだと思ったのである。こちらから、一度、二人でお話してみたいといったが、相手はどうしたことか沈黙してしまった。それから、私は毎日、彼からの連絡を待った。連絡がないのはかえって彼の思いが深いからとおめでたく考える一方では、いつしかあきらめるようになった。彼とはもうだめだと思うと母にいったのは、ほんの数日前のことである。

「どうして彼を好きになったの」

「わからない。私をばかだといってくれた最初の男性だったから」

「私があなただったら、彼をもっと好きになっていたかもしれない」

と母はいった。母は、番組の本を家に届けにきた彼にあっていた。

現実の橋本の駅前は、どこか下曽我に似ていた。古びた門構えのそば屋がいかにもおいしそうにみえた。引っ越しそばはあそこからとることになるのだろうかと思いながら、団地へ続く細い商店街を歩いていくと、思いがけず渋谷の裏通りと同じ酒場のチェーン店にぶつかった。小さいながらその並びには、キャバレーまであるのだった。黒いコートの母は唇を突きだしたまま、その前を通りすぎた。

団地自体は、五階建てのこぢんまりとしたいかにも清潔な感じのする建物であったが、先程の酒場とキャバレーがどうしても目の前にちらつくのだった。

「山の中ではなかったわね」

橋本駅の前まで戻ってきて皮肉まじりにそういうと、ふいに母は、

「ここでお別れしましょう。私は八王子まわりで、新宿を通って帰ります」

といった。

「どうしてそんなことをするの。えらく遠まわりよ。それに、風も冷たくなってきたし」

私がいくらいっても、母はきかなかった。さっさと八王子行きの電車に乗りこんでしまった

のである。電車のドアの向うに、母の笑った顔が消えたとき、私も笑った。気ままな小娘を持った母親の心境であった。

その晩、母が帰ってきたのは夜の八時近かった。

「あなたのいう通りだった。とても遠かった。それに、八王子から新宿まで、ずっと立ちづめだった」

母は黒いオーバー・コートのまま、カーペットの上に坐りこんでしまった。外でほかの猫とケンカをして精根尽きはてて帰ってきた黒猫という感じであった。

その日から、母のせきはひどくなった。二日後には熱もでた。

「橋本団地には、いってはいけないというこれはお告げなのだわ。あそこに引っ越したら、私は死ぬかもしれない」

太田きさ様も、下曽我に引っ越しをしてきてすぐその晩に、熱をだしたというのである。それが、二年後の年の暮れに、死ぬことにつながっていたのだと母はいった。

かもめ団地にでかけたのは、雨上りの静かな空のひろがるクリスマス・イヴであった。母のこじれた風邪が、すっかり治るのを待っていたのである。港南台の駅前は、団地がとりかこんでいる印象があった。どれも立派な団地に思われた。いちばん新しいかもめ団地は、そのはずれにあるのだった。歩いているうちに風が冷たくなった。砂地ではないのに、砂が舞い上がっている感じがした。荒涼として砂漠を歩いている気持だった。風の向うに、かもめ団地がみえてきた。ひょろ長いサボテンのようなあやうさを感じた。

「なんだ、かもめはどこにもいないじゃないの」

母が、すれ違う人がふり返るほどの大きな声でいった。

かもめどころか、海もみえなかった。ここは砂漠なのである。

「鳥になった太田きさ様はどこにいったのかしら？」

というと、母は、

「空の上よ」

と強い調子で答えた。

とにかく、風が冷たかった。早く駅前に戻ろうとそればかりに頭がいった。

二人は、駅ビルのレストランに入った。そこで、はなやかにクリスマス・ディナーをとろうということになったものの、心はあてどもなく砂漠を歩いていた。

「私、昨日はいい夢をみたの。富士山の白雪の壁をのぼっているの。近くにエメラルド・グリーンの湖が、遠くにサファイアの湖が光っていたわ」

かもめ団地からは富士がみえるかもしれないと、母は信じていたのだった。

いきなり、夕暮れのガラスの向うに赤黒い山がたちはだかっているのを感じた。それは、山かどうかも定かでない巨大なかたまりだった。そのえたいのしれないものを背景にして、母が無邪気に笑っている。母の顔は、赤黒くかげってみえた。いったい、あれはなんなのだろう。山のようなかたまりは、私たち母子をあざ笑っているようにも思われた。母が後をふり返った。

「富士山よ」

母の声はかすれていた。

「もうすぐ息絶えるの」

ガラスの向うの闇は深くなり、重いためいきをついて山はすがたをかくした。

落葉

母を死なせてしまった私は、いつの日かそのことをありのままに文章に書こうと思っていた。書かなくては、救われないという気持があった。しかしそれは、とても重苦しい作業のように思われた。

母が死んで、二度目の秋がきた。母とよく歩いた成城の裏通りの桜並木にも落葉が散るようになった。去年の秋は、母を死なせたのは私だというおののきとは別に、母に置いていかれた娘巡礼のようなおぼつかなさで、この落葉の道を一人歩いた。今年の秋は、少し違うのではないかという予感がした。落葉から目をそらさずに歩けるような気がしてきたのである。雨上りの午後、駅に向ってその道を歩いていると、一枚の落葉が、音もなく目の前に舞い降りてきた。そっと手にしたところ、しみひとつない、黄色いつややかな落葉であった。まだ木にのこったままの葉が多い中で、いかにも先陣を切ったという見事さがあった。葉の上に、にっこりと笑った晩年の母の顔が浮かんだ。明るい元気な母の顔である。今なら、あのことを書けると思った。

母は、受けなくてもよい肝臓の手術を受けて死んだのだった。嫌がる母に、無理矢理手術を勧めたのは私である。肝臓の手術は、まだ日本に数百例しかないことも、母のように肝硬変を併発した手術は、成功するほうが珍しいということも、私は知らなかった。

手術を前にして、

「本当に、大丈夫でしょうか」

と尋ねる私に、

「大丈夫です。盲腸の手術だって、死ぬ人がいます」

病院の先生は、きっぱりとそう答えた。

「あの先生は、独身かもしれない。あなたと、お似合いのような気がする。隣のベッドの奥さんもそういっていたわ」

内科病棟に入院してまもない母が、病院の玄関まで私を見送りにきた時にそうつぶやいた。頭にゆるくウエーブのかかったその先生は、社交ダンスの教師のように身のこなしがかろやかにみえた。細面のどこかふわりと夢をみるような瞳をした彼が、はたして本当に私とお似合いなのかどうかはわからなかったけれど、そういわれて悪い気はしなかった。母を見舞いにいったときに回診が始まると、当然相手を意識した。彼も私を意識しているように思われた。母にはいとも優しい笑みを浮かべるのに、私が会釈するととってつけたように首を下げるのだった。

そのもやのかかった瞳にふさわしくなく、彼が本質的に剛直な男性だと思われてきたのは、面談室で母の症状を聞いたときだった。

「ヘパトーマ、原発性肝ガンではないかと思われます」

彼は草野球の審判が、「ストライク」と片手をあげていうときのようにきっぱりした声でいった。

「それに、肝硬変も併発しています」

再度、「ストライク」といったように私の耳には聞こえた。「手術は、本当に大丈夫でしょうか」という問いかけは、この直後にしたのである。彼は、盲腸の手術だって死ぬ人がいるといった後で、こうもいった。

「手術をしなければ、後二年、手術さえすれば、十年は生きられます」

その言葉に、当然私は母に手術を受けさせることを決めたのだった。

外科病棟に移されるとわかって、急に母の先生への評価が変わった。

「彼は、私が手術で死んだ後で、あなたと遊ぶ気かもしれない。そのためにも、私を死なせたいの」

病室のロビーで声をひそめてそう話しかける母に、私は閉口した。話としては面白くとも、どこにもそのような根拠はなかった。むしろ面談室で彼と二人でいるときは、ある白々とした雰囲気が流れさえしたのである。手を取り合って、社交ダンスを踊りたくなるような甘さはどこにもなかった。結局のところ、母は手術をするのが嫌で、そうした突拍子もないことをいいだしたのだと思った。

「彼は、悪魔よ。キューピッドの仮面をかぶった悪魔」

そこまで母がいったとき、私はあまりのことに笑いだしてしまった。そういえば、面談室で向い合ったときの彼は白衣を着ているにもかかわらず、どこか黒ずくめのユニフォームを着た審判のように思われたのを思い出した。

「あなたも、悪魔。二人の悪魔は、よくお似合いだわ。ふたつの悪がひとつになって、私を死なせるの」

いつのまにか、娘の私までが悪魔になってしまっていた。ひょっとしたら母は薬の副作用か、あるいは苛酷な毎日の検査の中で頭が変になったのだろうかと思ったが、やはり母の言葉は当っているという気もした。

私は母の言葉に、少しも傷ついていないのだった。確かに、私の心の中には母が無事に手術をすませて元気になることを切実に願う一方で、そのうらはらな心もうごめいていた。母が入院して生まれて初めて味わった一人暮しの解放感を、母の退院でこわすのが残念だった。

その翌日、病室にいくと、母は小さな声で、

「ごめんなさい」

といった。「いいのよ、私、本当に悪魔かもしれない」といいたいかわりに、黙って笑った。

母は、私が本当に怒っているのかもしれないとおびえたらしかった。まだ母が内科病棟に入院してまもないころ、青い目の友だちのロジャーをつれて病室にいったことがあった。そのロジャーのことで、私は母に三日間もの長きにわたって怒り続けていたのだった。

私よりいくつか年下の彼とは、十年前、夏の御殿場の日本語ゼミナールの教室で知り合った。教室の生徒は全員カリフォルニア大学のサンタクルース校の学生だった。ゼミナールでは、たまたま私の十七歳のときにかいた『生いたちの記』が教材として使われていた。それが縁で、私は彼らの教室にゲストとして招かれたのである。秋になって、ロジャーからサンタクルースの浜辺で拾ったという貝殻がとどいた。桜貝の赤ちゃんのような小さな貝殻だった。彼は、『生いたちの記』の中の、母と私が葉山の浜辺で貝拾いをするくだりを、ちゃんとおぼえていてくれたのである。

十年の年月の間に彼はいつのまにか同じ大学の学生と結婚して、二児のおとうさんになっていた。母が入院したその年の夏のはじめに、彼は鈴木大拙についての論文をかくための取材で再び日本にやってきた。長身の彼のブルーネットの髪は十年前と少しも変わらずに背中の真ん中まで垂れていた。イエス・キリストは、彼のような風貌の人だったのではないかと思った。病院からも近い多摩川の土手に坐って、彼はギターをひいて自作の歌を歌った。歌詞はよくわからなかったが、優しい歌だった。眼の前を夏の遅い午後の光を受けて、川の水面が静かにゆらめいていた。ふと、十年前のロジャーから送られてきた小さな貝殻を思い出した。あんなに小さな貝殻を砂浜で探しだすのはどんなに大変だっただろうと思ったら、胸があつくなった。

ロジャーが病室からでていくと、母はいきなり、

「あなたは、ロジャーの赤ちゃんを生んでもいいのよ」

といったのだった。私は、ぼんやりとしてしまった。ロジャーと私は、手も握り合っていなかった。とても彼を好ましいと感じながら、そういう気持からは遠いところにいたのに気がついた。

ふいにそんなことをいいだした母への怒りが突き上げてきた。

「ロジャーにはもう、奥さんや子供がいます。それにもうすぐ、カリフォルニアに帰ってしまうわ」

今まで母が、ひたすら娘の私に、「結婚」「結婚」といい続けてきたのは、一体なんのためだったのだろうと思った。本当にロジャーの子を生む気があれば、十年前に最初に出合ったときにそういうことになっていたような気がした。

「もし赤ちゃんが生まれても、男性も奥さまも海の向うにいれば、そんなに悩まなくてもいいかもしれないと思ったの」

母はさらに、いわでもがなのことをいった。

それにしても、ロジャーのことをいわれたときはあんなに腹が立ったのに、昨日はどの言葉もどうして心静かに聞くことができたのだろうか。

イエス・キリストのような風貌のロジャーの赤ん坊を生むという妄想はみじんもないのにひきかえ、もし母が死んだらあのスマートな担当医とデートするのも悪くないなという妄想は確かにあったのである。妄想の中では彼はとっくに、妻子ある男性となっていた。

それに、私は母の「悪魔」という言葉が気にいってしまっていた。「悪女」といわれるより、「悪魔」といわれるほうが、はるかに重みがあった。私は確かに自分の心の中に悪魔の心がひそんでいるのを感じていた。

手術を間近に控えてひたすらおののいている母をみるのに、サディスティックな快感があった。池の水におぼれかけている老猫の背中をそっとなでながら、

「大丈夫よ。この水の底は、とても浅いの。おぼれっこないわ」

といいながら実のところ決して救いあげようとしない冷たさがあるのだった。それは、猫は決しておぼれないだろうという安心感からきていた。もしそのあわれな老猫が本当に死ぬ運命にあるとわかっていたら、さすがの悪魔のような心もそのまましずまっていたことだろう。

母は、内科病棟にいるころに何度か家に帰ることを許された。その家からの帰りの電車の中で、吊り革につかまりながらあるいは母の横に坐って、私はしげしげと母の顔をみつめていた。母がどんな顔をしているのか、じっとおぼえておきたいという気持があった。母がもうじき死ぬと、思っていたわけではないのに、母の顔をみつめずにはいられなかった。まぶたの上の柔らかな皺も、横からみると思わず食べてしまいたくなるほどおいしそうにみえる丸まった鼻も、

私は少女のころからそのすべてが好きだった。あまりにも好きなせいか、かえってはなれているると母の顔がすぐに浮かんでこないことがあった。それは、密かにあこがれる異性が現れたときもそうなのだった。ずっと頭の中で相手の顔を思っていると、実際の顔がぼやけてしまう。そうならないためにも、私は母の顔をみつめていた。

「そんなにみつめないで」

ある日、電車の中で母は小さな声でいった。気弱な少女の声だった。胸の中にいつもの耐え難い快感がわき起こった。かつての元気だったころの母であれば、

「そんなにみつめたりして、親を馬鹿にするのもいいかげんにしなさい」

と怒りだすところかもしれないのだった。私は、怒る元気のない母のやつれた顔が好きだった。髭を抜かれたおとなしい猫になった母は、方向感覚さえ失い、どこにいったらよいのかもわからずにいた。その猫の母を、私はじっと見守っていこうという気持になっていた。ヘパトーマの手術を、私は猫の髭を切るぐらいにしか考えていないところがあった。

母の手術が決まったとき、最初に母が入院した近所の救急病院の先生を訪ねた。診察室で、母の手術について聞いた。私立医大付属病院は、この若い内科医の紹介によるものだった。

「何、お母さんの場合はたとえヘパトーマだったとしても、CTスキャンや血管造影でさえ、しかとわからないほんの小さな腫脹ですから、患部のまわりをこうくさび型に切るだけですむ。安心して下さい」

くさび型の小さな円を空中で描きながら先生の大きな掌は、額に指先を当てて聞いていた私の手首をふわりと包む恰好になった。それは、偶然だったようにも思われた。しかし、私の胸はときめいた。年は私と同じころのように思われたが恰幅がよく、口髭を生やした彼はいかにも誠実な青年医師という感じがした。その顔は、映画『風と共に去りぬ』でレッド・バトラーに扮したクラーク・ゲーブルによく似ていた。

「今日は、病院の診察室で先生とお話できたの。手術は、本当に心配ないのですって」

ベッドの中の母にそういいながら、私はやはりどうしても先生の掌が私の手首に触れたことをいいたくなった。

「そんなことで、驚いているの。たいしたこと、ないじゃない。それでは、これからどうやって生きていくの」

母はそういったのである。その言葉はさびしかった。先生にはもう妻子がいることを、母も知っていた。

「お若いのに恰幅のよいところが、まんもるさまに似ていらっしゃると思った。それで、この先生におまかせしようという気持になったの」

めまいがするから血圧をはかりにいってくるといってでかけた病院で、はからずも肝炎を発見されて、そのまま入院することが決まったときに母はそういった。私も病院の廊下を歩いている彼をひと目みて、気だてのよさそうな先生だと思った。その先生から、「手術は小さくさび型に切るだけなので、安心して下さい」といわれると、本当にもうゆったりした気持になってしまったのだった。

近所の救急病院の先生と私立医大付属病院内科の主治医の先生とでは、容貌、性格、そのすべてが正反対のように思われた。私はそのどちらの先生も好ましく思った。まんもるさまに似ているという近所の救急病院の先生がクラーク・ゲーブルだとしたら、私立医大付属病院の内科の主治医の先生はどこか『ローマの休日』で新聞記者に扮したグレゴリー・ペックという感じがしないでもなかった。母はグレゴリー・ペックと私を悪魔、といった後で、まんもるさまに似ていると喜んでいた先生のことまで同じ悪魔、といい放ったのである。小さくさび型に切るだけだから安心といって、私を通して手術を勧める救急病院の先生は、母からいわせれば悪魔なのに違いなかった。

「あなたと、あの先生方二人は、悪魔の三人組よ。今までずっとカタブツだったあなたは、悪魔になって、私が死んでから彼らと遊ぶのよ」

二人の男性と遊ぶという三角関係はなかなか面白い妄想のように思われ、私は気にいったのである。現実には何もない分、妄想の世界では思いきりみだらな女になりたいといつも思っていた。

ところが翌日、母は思いがけずしおらしい声でこういった。

「私も、悪魔なのよ。人間はだれでも、心の中に悪魔を持っている」

彼女は、牛や豚のお肉を食べるのも、悪魔である証拠だというのである。なんだか、いっぺんに悪魔がつまらなくなってしまった。

黙りこんでいる私に、母は一片のメモ用紙を差しだしながらいった。

「昨日、こんな詩をかいてみたの。よんでくれる?」

そこには、次のような詩がかかれていた。

罪なき魔もの
決して　恐しいものではない
地中ふかく根を張って　ひろがっていく
魔ものではない
彼らの哄笑を　まだ一度も　きいていない
わが胸の魔ものは　罪なきもの
おとなしく　あたたかい掌を待っている

「不思議な詩ねえ」

と私はいった。「魔もの」と「悪魔」はどう違うのか。小学生のころ、『ベルと魔もの』というフランス童話をよんだことがあった。それは、魔女に魔法をかけられてみにくい魔ものになった王子と優しい娘のベルのお話だった。魔もののお城にそれとは知らずに入りこんだベルは食事の最中、突然耳が裂け、黒く長い尻尾をだらりと下げた魔ものがとびこんできたのにびっくりする。しかし話をしてみると、魔ものはとても優しい心を持っているのに気がついて、二人は友だちになるのだった。ある日、ベルはお城の庭で、魔ものが死んでいることに気づく。

「かわいそうに、私の魔ものさん」

そういってベルが魔もののからだの上に涙を流すと、魔ものは元の美しい王子の姿に戻り、二人はめでたく結婚するというお話である。

あの魔ものこそ、母のいうところの「罪なき魔もの」のように思われた。たまたま私のみた絵本では、「魔もの」は「悪魔」と同じように黒のコスチュームに身を包んでいたが、あくまで心は優しいのだった。哄笑することもなければ、冷笑することもない。お城の中でベルがおいしそうに食事をするのを、ただうれしくみつめている。電車の中で、母をみつめる私の目は明らかに違っていた。私も、母の顔をみつめるうれしさに変りはない。ただその中に、母の顔に新しくできたどんな小さなシミも見落とすまいという底意地の悪さがあるのだった。

それにしても、母は気味の悪い詩をかいたものだと思った。母の胸の中の魔ものとは、あるいはヘパトーマのようにも思われた。その詩のことを、早く忘れたかった。

「これがヘパトーマだと思います」

母の手術後に外科病棟の主治医からみせてもらったヘパトーマは、母の切り取られた肝臓の上に小さな粟粒のように浮かんでいた。これなら、このまま十年は哄笑することもなくおとなしくしていたかもしれなかった。母はもう駄目だと思った。切り取られた肝臓は、小型のキャベツほどもある大きさなのだった。いくら肝臓は三分の二以上切り取ってもちゃんと再生能力があるからといって、決して丈夫ではない母のからだには致命的なことに思われた。

「肝硬変がかなりすすんでいて、手術はやりにくかったようです」

若い主治医の言葉に、私は大きな声をだして叫びたかった。

「どうして、それならやめてくれなかったのですか、そのまま胸をとじてくれなかったのですか」

いくらいっても、彼には無意味なことに思われた。そのほっそりした平家の公達《きんだち》のような顔は、暗い疲労で覆われていた。手術室からでてきた彼をひと目みて、私は、切り取られた母の肝臓をみるよりも先に、手術の結果のよくなかったことを直感したのだった。若い彼は、それだけ正直なのだと思われた。そういう彼を、私は好ましく感じた。主治医といっても、若い彼は、執刀医と患者の間のメッセンジャー・ボーイにすぎないのだった。彼は執刀医の教授の傍で、ただ手術着を着て、立っていただけなのに違いなかった。手術室には、看護学院の女の子までが見学をしていたという。

いけないのは私だった。十月末に外科病棟に移されてから、患部はくさび型に切るのではなく肝臓の三分の一を切り取るのだと聞いたときも、まだ手術を現実のできごととして考えられなかった。私は手術を成功させるために、当日、百人分の生の血液を確保することに追われていた。その日、はたしてそれだけの人数の人が本当に病院にきてくれるかどうか、そちらのほうが不安だった。それに、何よりも内科病棟ではあんなに手術をいやがっていた母が、外科病棟に移された途端、急に静かになってしまっていた。いつのまにか、手術のための歯車は動きだしていたのである。

内科から外科に移される前日、母に最後の外泊許可がおりた。病院に戻る母に付き添って、アパートをでた。

とっぷりと暮れた裏通りの桜並木は、もうすっかり葉が落ちていた。歩くたびに、二人の足許で落葉がしめやかな音をたてた。

渋谷のマンションから成城のアパートに引っ越しをしてきて、初めて迎えた前の年の秋を思い出した。母と私は、雨上りの晴れわたった朝の落葉のあまりの見事さに言葉を失った。黄色い桜の落葉は、しなやかな中に油彩のような艶があって、一枚、一枚が、優しい女の顔にみえた。泰西《たいせい》名画の聖母マリアの顔に思われる一方では、小さなあどけないルノアールの少女の顔のようにもみえるのだった。母も私もそのひそやかな微笑にひきこまれるようにして、夢中で落葉を拾い集めた。

「桜は、全部落葉になっているかと思ったら、まだ枝からはなれずにいる葉もあるのね」

母がふいに立ち止まっていった。母も、去年の落葉を思い出しているのだと思った。

「そうよ、冬になったって木にしがみついている葉もあるわ」

なにげなくいった。

「早く落葉になりたい」

夕暮れの中で、母は確かにそういったような気がした。


母は最後には、自らすすんで敢然と手術室へ向った。手術の前夜、私が帰った後で母は、

「明日、私は学徒出陣してまいります」

といって同室の三人の女性のベッドのまわりを行進して回ったそうである。病室中が笑いに包まれたと聞いて、妙な気持になった。私のいるときは、ベッドの上にちょこんと坐り、手術後に要るのだとかいうガーゼの寝巻の裾上げなどをして、いかにもやすらかな顔をしていたのだった。母は行進することによって、手術への恐れを忘れたかったのだろうか。そうではなく、母は、手術を前にして、本当に元気がでてきたのだと思う。老眼鏡をつけて裁縫をする母の顔も明るかった。

「どうして、こんなことになったのだろうとよく彼と話しています」

母の死んだ後、クラーク・ゲーブルから励ましの電話がかかった。彼とは、かのグレゴリー・ペックのことである。クラーク・ゲーブルはあれから口髭をそり落としたという。しかしそれ

は、母とは関係ないことだと思う。グレゴリー・ペックには、やはり妻子がいた。二人の男性とあおうとは思わない。しかしこだわりを持つ気持は、日一日と薄れてきている。二人とも、よき魔ものだったのだと思う。私もまた、悪魔なんかじゃなくて、一匹の魔ものにすぎなかったように思う。おめでたい女の魔ものが彼らに寄せる妄想は、たのしかった。毎日の病院通いの中で、いささかの疲れも感じなかったのは、あの二人の男性におめにかかれたからかもしれなかった。その妄想を、かきたててくれたのは母だった。

黄色い落葉を一枚、拾った日、成城の駅の南口にでた。二子玉川園行きのバスの停留所がみえてきた。私立医大付属病院に母が入院しているころ、そこから私はいつも、バスに乗っていた。それが母が死んでからは、バスに乗ることができなくなった。

バスが近づいてくるのをみながら、財布をあけた。そこには、一年前の、母が生きていたころのバスの回数券がそのまま一枚のこっていた。私は回数券を手にすると、ふらりとバスに乗った。

生誕

昭和五十八年の夏、無事に母が退院したときの療養費として用意しておいた二百万円のお金で、ヨーロッパ美術館めぐりをした。絵が好きだった母を思うセンチメンタル・ジャーニーでもあった。旅の終りのチューリッヒ美術館で、シャガールの一枚の絵をみた。お産を終えたばかりの女が、ベッドの上に横たわっている。死にゆく母のすがたが、その絵の女に重なった。

黒い靴下を片足、膝のところで突っかけた以外ほとんど全裸の女の股の間から、血が流れていた。その血の赤さに、思わず目をそらした。肝臓の手術後出血の止まらなかった母は、臨終の間際まで輸血を続けていた。

片方だけの黒い靴下以外、すべてがあの最後の日の母と似ているのだった。深い眠りについている少女のような顔、ひろやかな肩、ゆたかな胸、絵の女のお腹を覆うさらしのような布は、そのまま母の患部の包帯のように思われた。

一人の命の誕生の瞬間の絵から、母の死を思い起こそうとは思いもよらなかった。あのようにして人間は、血のなかから生まれてくるのだった。母は、そのなかで死んでいった。出血は止まっていたが、臨終のベッドのまわりにはいくつもの血液のパックがぶらさがっていた。しかし、どこにも阿鼻叫喚の様相はなかった。夢のなかのできごとのように母の死の瞬間は近づいていた。

死の数時間前から母のからだには、ときどき激しいケイレンが起こった。そのからだをしっかりとおさえこむようにしながら、私は母の片手を握りしめていた。それは後になって考えれば、赤ん坊の誕生に立ち合う産婆という感じがしないでもなかった。

母の大きな眼球はくるくるとせわしなく動き続けた。とっくに意識はなくなっていた。

「しっかりしてね」

といいながら、私はなんとかしてその眼球の動きを止めたいと思った。静かに落ち着いてほしかった。しかし、それは死ぬことなのだった。やがて、その動きがゆるやかになるとともに、母の顔には思いがけないほどの荘厳な雰囲気が漂いはじめた。母は、澄んだ大きな目で宙をみつめていた。賢い少女の目であった。母は今、自分がどういう状態におかれているのか、あたりの情景も、娘の私の心も、そのすべてがわかっているように思われた。

母が空の上にいってから、生と死はそれほど変りがないのではないかという気持がたえまなくあったが、シャガールの生誕の絵をみてからは、よけいにそう思うようになった。それにしても、母の死の瞬間は、あまりにも静かであった。

人はみな生まれるようにして死んでいくものだろうか。それならば、あれは格別恐れるものではないという気もしてくるのだった。

死の一週間前、手術室から帰ってきてしばらくして、意識がもどった母は、

「手術は、うまくいかなかった」

と小さい声で、しかしはっきりといった。切り取られた肝臓をみせられて、その大きさにびっくりするとともにこれは駄目だと直感していた私はわざと呑気そうな声で、

「どうして、そんなことをいうの」

ときいた。

「オリーブ色の注射が失敗だった」

母は、ナゾのようなそんなことをいうと、また眠ってしまった。その晩は、私は母の病室に泊ってもいいということになっていた。ところが母は、私が病室にいることを怒るのである。口ではうまくいえないかわりに、ベッドに横になったまま片手をふって、しきりとでていけと、合図する。病室にいてはいけないのだと思っているようであった。出血の続くなかで、母の意識はすでにもうろうとしかけていた。それでも、日頃娘にきびしくしようという母心は、いさ

さかも失われることなく、そういうかたちであらわれているのだった。私は、手術前夜まで母が寝ていた大部屋のベッドで眠った。

朝になって病室に入っていくと、母は、

「チリ紙、チリ紙」

というのである。いそいで手に持たせると、別にそれを使うというふうでもない。ただ握りしめているのだった。

「あなたの顔が、ドーランを塗ったみたいに白くみえる」

母の言葉に、涙が止まらなくなった。母はもうすぐ死んでいくのである。母のいうとおり、肝臓の手術は失敗だった。手術なんか、受けさせなければよかった。私も一緒になって手術を勧めたことを忘れて、先生を恨んだ。かわいそうな母。主治医たちへのあてつけもあって、

「がんばって、がんばって」

と泣きながら叫んだ。

「そんなに泣いていたら、おかあさんにわかりますよ」

先生の一言に、私は泣きやんだ。

夜になっても、もう母は昨夜のように部屋からでていくようにとはいわなかった。出血は続いていた。「チリ紙」を握らせてもすぐに落としてしまう母の手を、私は強く握りしめた。

母のベッドのまわりを何人もの先生が取り囲んだ。これからどうするか、母の容態をみながら相談するのである。私は病室を追いだされた。

夜の十時半過ぎである。病院の消灯時間はとうに過ぎていた。ひとり、暗い廊下にとりのこされた私は奇妙なほどかわききった興奮をおぼえた。涙はでてこない。先生たちは、出血を止めるための再手術をするかどうかという相談をしているらしかった。再手術なんか、させてなるものかと思った。そんなことをしたら、すぐ母は死んでしまう。あれだけ肝臓を切り取って、さらにこれ以上手術をするなんて、まことの悪魔だと思った。私は、そのことを病室に入る先生の一人に、はっきりといった。白衣の悪魔がまた一人、病室に入っていった。もうこれ以上、暗い廊下に立っていることは耐えられなかった。私は暗い廊下をとびだした。家に帰ろうと思った。仏壇の前で、どうしても父に祈りたかった。

病院の入口から、タクシーにとび乗った。車は、暗い道を突っ走った。もっともっとスピードを上げてと、私は心のなかで叫んでいた。ふだんは車嫌いなのにそのときばかりは、車を好きになっていた。車に乗っていることで、すべてを忘れられるという気がした。

車を外で待たせたまま、私は仏壇の前に走ると激しく鉦《かね》を叩いた。

「どうか、お願いですから、母の出血を止まらせて下さい」

そう父に祈りながら、何度も何度も叩いた。こんなにも鉦を叩いたことは、今までになかった。母が鉦を叩くたびに、私はその「チーン」という金属音に、わけのわからない気恥ずかしさを感じていたのである。夜ふけに鉦を叩く音は、隣の大家さんの家まで聞こえていたのにちがいなかった。「恥も外聞もない」というのは、あのときのことだったと思う。

翌朝、出血は止まった。空の上の父への願いは、聞きいれられたのだった。思わずにっこりする私に、先生はいった。

「おかあさんは、肝性昏睡の状態に入りました」

そんな馬鹿な、という気持だった。出血さえ止まれば事態はいいほうに向うのだと思って、それぱかりを父にお願いしてきたのである。

母は昨日のように手を動かすこともなく、眠ってばかりいた。その眠りは、海のように深く思われた。それでも、

「太田さあん、ここにいるのがだれだかわかりますか」

枕許で先生が呼びかけると、

「はるこ」

母のくぐもった声は海のなかからのものだった。病室ではもう泣かないつもりが涙が流れてきた。

「そう、はるこよ、はるこ、がんばるのよ」

というと、「うん」というようにうなずいた。

「はるこ」という言葉が、母の最後の言葉となった。それからというもの、私は病室では決して泣かなかった。深いあきらめのなかに、あるやすらぎがあった。それは、母の手をずっと握りしめているというところからきているように思われた。やがて死んでいく母の手を握りしめていることが、なぜこんなにも心やすらぐのかと不思議に思われるほどだった。
まだ内科病棟にいるとき、母は詩をつくったといって手帳を差しだした。

あなたは、
はじめてはいた赤いゴム長で
一だん二だん三だんと
八幡宮の石段をのぼりきった
「ママといっしょ」に

あのころは
異常気象も
公害もなく
さくらもまともに
さいていた

石段には、きれいな
花びらが散っていた
あれから長い時が過ぎ
かなしいこと
つらいことは
みんな
花びらのように
散っていった
みんな
どこへいったのか

いま六十九になって
十四階の病室にいる
窓の外は
晴れた日も
雨の日も
おなじように

かすんでいる

「泣かせるじゃない」

といいながら、涙がこぼれた。

八幡宮の石段とは、私がお宮まいりをすませた下曽我の神社の石段である。母はたった一人で私を抱いてお宮まいりにいった晩秋の思い出を、繰り返し話すのだった。おまいりをすませて石段をおりながら、心さびしくて泣きたくなったこと。帰りに、宗我神社脇の尾崎一雄先生のお家へ寄ったところ、

「まあ、太宰さんにそっくり」

奥さまの松枝さんにそういわれて、うれしかったこと。


「退院したら、一緒に下曽我にいきましょう」

母はそれには答えずに、窓の外をみながらいった。

「赤ちゃんのあなたを、さくら色のケープにくるんで抱いて、もう一度歩きたい」

十四階の窓の外は、母の詩にあるようにかすんでみえた。

母の詩をよんで涙を流しているときも、私は依然として、母が手術で死ぬようになるとは考

えていなかった。ひたすら、母と同じようにあのころにもどりたいと思っていた。母にしっかりと手をつながれながら、赤いゴム長で石段をのぼりたかった。

内科病棟から外科病棟に移されてから、母は別れ際に私が手をさしのべても決して握手をしようとしなくなった。

「そんな甘さを持っていては、これからどうして生きていくの？」

というのである。これはさびしかった。握手ぐらいしてもいいのではないかと思った。私は母の幼女のような柔らかい小さな手の感触が好きだった。

母が死んだとき、病室には私のほかに、母のただ一人の弟である叔父のタケヤンがいた。

「あっ、止まった」

タケヤンが、少年のような小さな声を上げた。彼は、先ほどからベッドの脇の心電図の波の動きをみていたのだった。隣室から、あわただしく医者が駆けこんできた。私が握りしめていた母の手をはなすやいなや、すぐに人工呼吸がはじまった。

蘇生など最初からできるはずはないとわかった上での虚しいゲームは終って、再び母のからだに静かさが戻った。ほのかに口をあけて、ベッドの上に横たわっている母の顔を、花びらのように美しい、とそのとき思った。母の手は、まだ温かかった。

解剖をすませたばかりの母の遺体を霊安室において、タケヤンとその娘の厚子ちゃんと三人で病院をでた。冷たくなってしまった母のからだを、あの小さなアパートにつれて帰るのはどうしても嫌だった。外科に移される前日、外泊許可がおりて家で一晩泊った母と、夕暮れにアパートをでた。ドアの鍵をしめている私の傍らで、母はドアの壁を愛おしそうにゆっくりと何度も撫でながら、

「必ず、元気で帰ってくるからね。きっと、帰ってくるからね」

といったのだった。

「そうよ。当り前じゃないの」

といいながら、胸がつまった。母を、このまま病院にかえしたくないと思いながら、私の頭には無事に退院してきた母が仏壇のある奥の部屋でジュニアぶとんに小さなからだを横たえてひっそりとお地蔵さんのように寝ている姿が浮かんでいた。それは、生きたお地蔵さんのはずだった。病院の外には、青空がひろがっていた。ぬけるような秋の空である。母の死んだ朝がこんなに明るいなんて、どうかしていると思った。朝の六時であった。深夜に母が息を引き取ってから、もう五時間あまりがすぎていたのである。

母が解剖をされている間、タケヤンと私は霊安室に待機していた葬儀社の人と通夜・告別式の打ち合せをしていた。しかし私は、タケヤンの横で、機械的にうなずいていただけだった。本当は、そんなものをしたくなかった。母は死んだ。死んでしまった。それで終りなのだ。解

剖室から母が帰ってきた。焼香をして、手を合わせるときも、私はあえてエプロンをはずす気にはならなかった。ずっと母の病室でつけていた白いエプロンこそ、喪服だと思った。

タクシーの窓からみる外の景色は、母の生きていたころと少しも変わっていなかった。まぶしいほどの朝の光のなかで、むしろすべてが明るく生き生きとして感じられるのだった。自転車のブレーキの音も、自動車がエンジンをふかす音も、街の音のすべてが、この世で赤ん坊がはじめてきく音のように大きくはっきりと聞こえてくるのだった。

交差点の前で、信号が変わった。急停車した車の窓から、今年の春に母と入ったブティックのレンガ色の建物がみえた。馬事公苑にいく道すがらに、ふらりと入った店である。

「あなたの色だわ」

母は、店の奥にぶらさがっているさくら色のナイロンのブルゾンを指さしながらいった。いつもブルーとかグレーとかいった、どちらかといえば地味な色ばかりを着ていた私は、母の言葉にたじろいだ。それでも、鏡の前でその色を合わせてみると、思いのほか似合うのだった。鏡の後で、母が微笑していた。

あのとき、母は赤ん坊の私をくるんださくら色のケープを思い出していたのかもしれなかった。下曽我のころの思い出に、母はいつももどっていたように感じられた。母のベッドの脇の小机の引出しには、数枚の写真が入っていた。三十四年前の雛祭りの日に縁側で赤ん坊の私を抱いた写真のほかは、今年の二月、近所の白梅をバックに二人でお互いを写しあったスナップ写真だった。写真の母は、黒いコートに私のお下がりの薄茶のバックスキンのブーツをはいている。遠い昔、母に手をつながれて赤いゴム長の私が石段をのぼったように、今度は私がブーツの母の手をひいてのぼるのだと思っていた。あの詩をよんだ後で、私はこうもいった。

「下曽我にいくのは、やはり梅が満開のころがいいわね」

下曽我は、梅の名所なのである。梅の咲くころ、母は私をみごもった。

あのとき、母がやはり答えなかったのは、ベッドの上であまりにも絶えまなく下曽我の昔を思っていたからなのにちがいなかった。

ブティックの前を車が走り抜けると、急に涙があふれてきた。ほんの数ヵ月前、店からでてきた母と私は、肩を並べてこの通りを歩いたのだった。もう一緒に歩くことはできない。私は、一人になってしまった。

「そんなに泣くなよ」

横に坐っていたタケヤンがいった。タケヤンは、うつけたように顔を前方に向けていた。小さい男の子が泣きべそをかいた顔だと思った。

そのタケヤンが、母が死んで半年もたたないうちに白血病にかかってしまった。昭和五十八年の五月、病院の先生から、一年もつかもたないか、と宣告された。本人には、急性骨髄炎という長い治療を要する病気なのだと教えられていた。

「静子女史は、あれでよかったと思う。手術しないでいたら、二年間くるしむことになってい
たかもしれない」

からだの調子が少しでもよくなると、タケヤンはベッドの上でそういった。私が、母の手術を後悔していると、繰り返しいうからであったが、彼は白血病の薬の副作用でずいぶんとくるしい思いをしているのだった。四十度の高熱が三日もでると、彼の六十七という年のわりには濃い、自慢の黒髪は、ごっそりと抜けてしまった。

彼は、母のことをおそらくは照れと尊敬をこめて、姉とは呼ばずに、「静子女史」と呼ぶのだった。戦争をはさんで四十年間、東芝の計理課から厚生課に勤務する傍ら、社会人野球の監督を務めたり社内報の編集をするなど、自分の好きなことをして生きてきた彼には、いつまでもあどけなさがのこっていた。母の手術の後、切り取られた肝臓をタケヤンと一緒にみた。いきなり彼は、主治医の手のなかのラップに包まれた肝臓を、ポンと手で触れたのである。

「やめて下さい」

主治医にたしなめられて子供のようにうつむくタケヤンを、私は好きだった。

この世に生まれてきて、初めて出合った異性がタケヤンだった。昭和二十二年十一月十二日の午前零時過ぎ、神奈川県下曽我の家の居間で産ぶ声を上げたとき、復員してまもない独身の彼はひとり二階のベッドに横になっていた。

戦争が終って、まだ二年しかたっていなかった。電気がついたり消えたりするなかで、年寄りのお産婆さんが居眠りを始めた。母は心細さもあり、後で自分でもあきれるほどの大きな声をあげたという。そのときのタケヤンのベッドからころげ落ちんばかりの驚きの表情が、まるでその場に居合わせたようにはっきりと浮かんでくるのだった。

金盥《かなだらい》のなかで産ぶ湯につかっている私の手にそっと触れながら彼は、

「なんて可愛い手なんだろう」

といったという。そのときの微笑から、姪のあなたへの愛情を感じたと、母はいうのだった。

タケヤンは、小さいころ、

「静子ねえちゃん、静子ねえちゃん」

そういっては、母の後をついてまわっていたという。

小さいころのタケヤンに、私自身出合ったことがあるような錯覚に陥るのだった。タケヤンは、六十を過ぎても依然として甘い舌足らずの少年の声をしていた。その声は、父親のまんもるさまに似ていると、母はいった。

「ハボタン」

タケヤンは、三十をすぎた姪の私にいつもそう舌足らずの声で呼びかけていた。ハルコ坊主がなまったものだというその幼いころの愛称で呼ぶ異性は、タケヤンのほかに私がお乳をもらったあちゃんの息子の乳兄弟がいるだけだった。名付けた本人の母すらも、娘が自分よりもはるかに背が高くなるとともにそうは呼ばなくなっていた。

「ハボタン」

それが、タケヤン叔父の最後の言葉となった。

告別式は十月二十四日、この文章を書いているつい昨日のことであった。二年前の十一月の同じ日に、母は息を引き取った。母の死んだ二十四日は、よくはわからないがお地蔵さまの日だという。彼がそういったのである。その日を、彼はひどく意識していた。告別式が、二十四日となったのは偶然ではないと、信じたかった。

亡くなる三日前、たまたま病室に入ったときに、彼のからだにはケイレンが起きていた。母にも起こったケイレンであった。これは、もう駄目だと思った。頭がくらくらとしながら枕許に近づいて、

「おじさん」

といった。このような場合でも、面と向っては、タケヤンといえなかった。その私に、彼は、かすかな意識の奥から「ハボタン」といって答えてくれたのである。

臨終の夜、看護婦さんからかりた白衣を着た私は、深夜の病室で彼の手を握りしめていた。

叔母たちは、面談室で眠っている。看護婦さんが三十分ごとに血圧をはかりにくる以外、病室はタケヤンと私の二人だけだった。従弟の元ちゃんが、ときどきやってきては、

「そんなにずっとそばにいなくてもいいんだよ」

と声をかけた。


二日前に完全に意識がなくなるとともに、タケヤンの手は急にむくんできた。大きくふくれ上がった手の指先は、もう数時間前から冷たくなっていた。それでも彼の手を握りしめていると、私の心はやすらぐのだった。母ほどではなかったが、タケヤンの眼球はやはり右に左にと動いていた。そういう状態のなかで、彼の顔には深いあきらめのような疲労がにじみ始めている。最後の母と同じように、彼も今、何もかもわかっているという気がするのだった。

「もうすぐ、俺は死んでいく」

心のなかのつぶやきが、確かにきこえてくる心地がした。それは、決していつもの甘え声ではない。男らしい毅然とした声だった。

目の前の彼は今、確実に死んでいくのである。しかしそれは逆のような気もするのだった。タケヤンは、すでに今まで死んでいた。一年半ほど前にはじめて発病したその日から、彼は私の心のなかで死んでいたように思われた。私が彼の死を意識することは、彼自身もうこの世に

いないということにもなるのだった。そういう意味では、私も死んでいたといえた。やがて、私も死んでいくのだ、空の上の母とベッドの上のタケヤンのことを思ったときは、いつも必ずそう考えた。

道を歩いているときも、人と話しているときも、人間いつかは死ぬのだという思いがひょいと頭をよぎると、思わず微笑んでしまうことがあった。

死を思えば、どんなことでもこわくないのだった。私は、純潔でなくなることがこわかった。それは未知への恐怖という点で、死への恐れと似ていた。

どうして今までずっと純潔でいるのかときかれると、いつも言葉につまった。しかし本当のことをいえば、答えははっきりしていた。この人とベッドを共にしたいと妄想する相手は、妻子ある男性ばかりであった。そもそも最初から、独身男性にエロスを感じたりはしなかったのである。結婚に至る可能性のあるエロスは健全であり、そこに恐怖はない。私にとってエロスとは、あくまで恐怖をともなったものでなければいけなかった。妻子ある男性とのエロスを考えるとき、はじめて恐怖が生まれ、胸がときめくのだった。

私は、結婚というかたちそのものへのあこがれを消すことができなかった。未知なる父のいる家庭へのあこがれは、ひたすら明るいものだった。たとえば、団地の近くを歩いていると、どの窓にもあかりがともっている。それぞれの家がそうやって、その家のあるじを待っているのだと思うと、それだけで涙がにじんでくるのである。

「そんなの偽善よ。どの家にだって、ウソやイツワリが充満している」

私と同じように父のない家庭の娘がそういったが、それでも私はそのあかりへのあこがれを消すことができなかった。ウソやイツワリが充満していてもなお明るく輝いてみえる家庭とは、いったいなんなのだろうと思った。

どうして、そんなに結婚したいのかと、なかばあきれたように聞く人がいる。一人でいるのがさびしいから二人になりたい、二人でいるさびしさを感じたいというただそれだけのことを答える虚しさをいつも感じた。実のところ、結婚することによってエロスを味わいたいという気持もあったのである。しかしよく考えてみれば、それは矛盾にみちていた。結婚生活から、私はエロスを連想したことがなかった。泰西名画の聖母マリアの肖像画から、一度としてエロスを感じたりはしないこととそれは似ていた。

私は母になりたかった。ピンクのケープにくるんで、自分の赤ん坊を抱くことを夢みた。母になることと、エロスを味わうことは、まったく結び付かなかった。エロスのはてに、母にもなるのだということが、実感としてよくわからないのだった。逆にいうと、エロスを味わう以上、母になる覚悟が必要だと思われた。快楽だけを追うわけにはいかないという思いが、妻子ある男性との抜きさしならぬ関係に進むことにブレーキをかけていた。

それが、母が空にいき、叔父が入院してからは、快楽だけのエロスを持ってもいいのではないかという考えが、頭をもたげたのである。どうせ死ぬのだ、思いきり好きなことをして死にたいと思った。思い浮かぶ相手がいないわけではなかった。どこか気弱なまなざしがタケヤンに似ていた。

二十四日の告別式の日、正面に飾られた写真のタケヤンは、明るく笑っていた。まだ東芝に勤めていたころのふくぶくしい顔だった。しかし私は、彼の死顔のほうが好きだった。私の叔父は、こんなにも立派な顔をしていたのかと不思議に思うほどの哲人の顔だった。それは写真でしか知らないまんもるさまと似ていた。小学一年生のときに死んだ通叔父とも似ているような気がした。あの妄想にあらわれた相手とは似ていなかった。

そのうちに、私は不思議なものをみた。祭壇のタケヤンの写真に、私が笑っている写真が重なった。母が生きているころ、写真館で撮った写真である。無邪気にみえる笑顔が、母もよろしいといっていた。やはり、私は死んだのか。ふと、微笑が浮かんだ。写真をみあげながら、心がどんどんと澄明になっていくような気がした。母やタケヤンと生きてきた今までの私は死んだ。新しい私が、これから生きようとしている。生まれたての私を、二人が空から見守っていると感じた。

あとがき

母に死なれて、母がいかに娘の私にとって大きい存在だったか、「心映えの記」を毎回書くにつれて、いよいよはっきりとしてきた。

母の死の直後、私は母のことを考えたくない、忘れたふりをしていたいという気持があった。母の死はあまりにも突然だった一方、私は心のどこかで母の死を願っていたところがあったように思われてきて、その罪の意識におののいた。母と一緒にこのまま年を取っていくことがこわかったのである。その母のことを少しでも文章にすると、心はくるしくなった。

その一方で、いつかは母とのことをきちんと書きたい、という気持があった。心映えの悪い娘として母をくるしませたことも、正直に書くことによって、母の許しを乞いたいと思った。しかし、それは遠い先のことのように思われた。一人になってまもないころは、ただ忘れていたかった。

「心映えの記」を、こんなに早く書きだすことになったのは、大阪の奥さまのみどりさんのはげましによる。

「治子さん、とにかく書いてみることよ。書き上げたら、何をしてもいい」

母を書く前に、まず一人の女として生きていきたいという私に、みどりさんがいった。

「何をしてもいいのですね」

と私は念を押した。その時の私は、それを書き上げることができた時こそ、母との心の別れがくるのだという気がしていた。

一年の連載が終った。母は最初から、私の罪を許してくれていたということがはっきりとわかった。くるしみから解放されて、私は今、心の中に母がいることを前よりもつよく感じるようになった。

昭和六十年一月十五日

太田　治子

〔初出：「中央公論」1984（昭和59）年1月～12月号〕

P+D BOOKS ラインアップ

虚構のクレーン　井上光晴　●戦争が生んだ矛盾や理不尽をあぶり出した名作

浮草　川崎長太郎　●私小説作家自身の若き日の愛憎劇を描く

塵の中　和田芳恵　●女の業を描いた4つの話。直木賞受賞作品集

鉄塔家族（上下）　佐伯一麦　●それぞれの家族が抱える喜びと哀しみの物語

散るを別れと　野口冨士男　●伝記と小説の融合を試みた意欲作3篇収録

白い手袋の秘密　瀬戸内晴美　●「女子大生・曲愛玲」を含むデビュー作品集

P+D BOOKS ラインアップ

ゆきてかえらぬ　瀬戸内晴美　●　5人の著名人を描いた珠玉の伝記文学集

愛にはじまる　瀬戸内晴美　●　男女の愛欲と旅をテーマにした短篇集

お守り・軍国歌謡集　山川方夫　●　「短篇の名手」が都会的作風で描く11篇

演技の果て・その一年　山川方夫　●　芥川賞候補作3作品に4篇の秀作短篇を同梱

断作戦　古山高麗雄　●　騰越守備隊の生き残りが明かす戦いの真実

龍陵会戦　古山高麗雄　●　勇兵団の生き残りに絶望的な戦闘を取材

P+D BOOKS ラインアップ

P+D BOOKS ラインアップ

香具師の旅　田中小実昌　●直木賞受賞作「ミミのこと」を含む名短篇集

燃える傾斜　眉村 卓　●現代社会に警鐘を鳴らす著者初の長編SF

EXPO'87　眉村 卓　●EXPO'70の前に書かれた〝予言の書〟的長篇

秘密　平林たい子　●人には言えない秘めたる思いを集めた短篇集

フライパンの歌・風部落　水上 勉　●貧しい暮らしを明るく笑い飛ばすデビュー作

心映えの記　太田治子　●母との軋轢や葛藤を赤裸々につづった名篇

（お断り）

本書は１９８５年に中央公論社より発刊された単行本を底本としております。

あきらかに間違いと思われるものについては訂正いたしましたが、基本的には底本にしたがっております。また、一部の固有名詞や難読漢字には編集部で振り仮名を振っています。

本文中には炊事婦、四つ辻、妾、外人、父無し子、乞食、女史、鍵っ子、ニコヨン、未亡人、産婆、坊主、看護婦などの言葉や人種・身分・職業・身体等に関する表現で、現在からみれば、不当、不適切と思われる箇所がありますが、著者に差別的意図のないこと、時代背景と作品価値とを鑑み、原文のままにしております。

差別や侮蔑の助長、温存を意図するものでないことをご理解ください。

太田 治子（おおた はるこ）
1947(昭和22)年11月12日生。神奈川県出身。明治学院大学英文科卒業。小説家、エッセイスト。父は太宰治、母は太宰の代表作「斜陽」の主人公「かず子」のモデルとなった太田静子。1967年、紀行文「津軽」で婦人公論読者賞受賞。1985年、「心映えの記」で直木賞にノミネートされた。

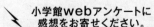

心映えの記

2025年2月18日　初版第1刷発行

著者　太田治子
発行人　石川和男
発行所　株式会社　小学館
〒101-8001
東京都千代田区一ツ橋2-3-1
電話　編集　03-3230-9355
販売　03-5281-3555
印刷所　大日本印刷株式会社
製本所　大日本印刷株式会社
装丁　おおうちおさむ　山田彩純
（ナノナノグラフィックス）

ISBN978-4-09-352505-3
JASRAC 出 2410008-401

P+D BOOKS